恋する魔王草《パクチー》

新高なみ
ARATAKA Nami

文芸社

目次

1 石室女《せきしつおんな》 5
2 瑠璃紺《るりこん》の国 24
3 六人目のスナフキン 45
4 青いパパイヤサラダの香り 74
5 墓とお月さま 91
6 いつか恋する日のために 124
7 チャオプラヤ河のほとりにて 156

1
石室女《せきしつおんな》

「ぴったーん！」

うしろから鼻と口をふさがれた。お昼休みの校庭。水槽を洗っていた飼育係の男子が、ふざけてぬれた手で顔をおおってきた。

苔とフナの腐ったような臭い。広げていた本がすべり落ち、ひざの上に食べたばかりの給食をぜんぶ吐いた。わあっという声を聞きながら、あたしは図書室の本がゲロで汚れないように花壇に投げ入れた。あれは、サマセット・モームの『九月姫とウグイス』。シャム（タイ王国）の純真な姫ぎみのお話だった。


小学生って意味不明。

あの子らは、まっすぐ歩けない。ぐるぐるまわったり、笛を吹いたり、空き缶を蹴とばさなきゃすすめない。

今朝はいちだんとクレイジーだ。パレードのように、あっちへ寄り、こっちでとびはねる黄色い帽子のうしろで、あたしはずっと足踏みをしていた。

ああ、クリスマスだ。ジングルベルに踊らされて、フシギくん達はますます予測不能な足どりで登校してゆく。

気持ち悪い。小学生に酔ってきた。

彼らが入ってゆく校門のとなりに、めざす玄関はあった。

〈市民いこいの森　歴史民俗文化博物館〉。この長い名前の施設が、わが職場だ。


通学路をはなれると、急に静かになった。まだ開館前のホールの床は、洗いたてのホーロー鍋みたいに冷たく光っている。もう少し早起きをすれば、ランドセルのジャングルをかき分けずにすむけれど、血圧も体温も低いあたしはそろそろとしか動けない。

「おはようございます、ガクさん」

エントランスホールの真ん中にある台座にへたりこんで、彼に出勤のあいさつをする。

ガクさんはホールの主《ぬし》。職場でただ一人、気を許せる相手だ。

鉄アレイみたいに頭が重い。ひきのばされた両肩に、ガラス天井から淡い光が降ってくる。

「では、本日も埋葬されてきます」

おええ、うう……。職員専用の扉を体で押し開け、階段をおりてゆく。地下階の奥、古墳の横穴式石室のような部屋が古文書資料室。そこに、あたしの席がある。

資料室には四つの机しかない。ドアを開けると、室長の頭頂部がむかえてくれる。寝息に合わせて上下するおっさんの背中に、スポットライトがあたっている。

博物館はゆるやかな丘の上に建っているため、地下にある資料室の天井にも、ななめに開いた丸窓があった。それはちょうど、古墳の石室に穿《うが》たれた盗掘者の穴のようだった。

「コーヒー、どうぞ」

パソコンの前から、アルバイト職員のハルちゃんがスマイルマークみたいな顔をのぞかせる。通勤だけでつかれてしまった身体を事務イスにあずけ、あたしはカップに顔をうずめた。

「ふう。湯気までおいしいね」

ハルちゃん、ハンドドリップにハマっているらしい。淹《い》れてくれるコーヒーは、どんどん香り高くなっている。

もう一人の仲間はコーヒーに興味がない。ペン立てもない机の上に、迷彩柄のショルダーバッグが投げてあるのが出勤のしるしだ。本人は終日、となりの史料庫にこもっている。

〈タダ賢《けん》〉こと只野賢《ただのけん》は、博物館の設立時に一緒に採用された同僚だ。歴史学科から来たあたしは史料の整理を担当し、美大出身の彼の仕事は古文書の修復だった。すさまじく優秀な人だ。どの時代の古文書を読みくだしても、大学の研究室にいたあたしはかなわなかった。ヒエログリフも楔形文字《くさびがた》もいけた。北アジア遊牧民の碑文やら、中世ヨーロッパのアナグラム、ゲリラの暗号文にまで手をつけていた。解読オタク、と言うべきか。

歴史セミナーの見学会や高校生のグループが来ると、案内役はこっちにまわってきた。オタクには、素人にわかりやすく解説をしてあげる機能はついていなかった。

その収集ぶりもケタはずれだ。アパートの部屋には、一般人が目にできないような文書や図面、映像、音声記録の類《たくい》が山積みになっているらしい。この博物館にコレクションを貸しているといううわさもある。

この人、どうやって生きてきたのだろう。十年以上おなじ職場にいて、タダ賢の家族のことも聞いたことがない。ただ、彼がハムスターを飼っているのは知っている。ハムスターの名前は、アルジャーノンだ。

「澤村さん、ほら、ありますよ」

ハルちゃんが、あいつの机を指さした。ショルダーバッグが、ぷっくりとまるいものをかかえている。

「クリスマスですねえ」

そうか。今年も、もらってきたか。

タダ賢の机の上でおにぎりを発見したのが三年前の十二月二十五日。それは大異変だった。彼は毎日、お昼には売店でジャムパンと牛乳を買い、公園の決まったベンチで食べていた。

「聞いてきます！」

ハルちゃんが史料庫にとんでゆき、あいつの発する単語をつなぎ合わせたところ、こういうことだったらしい。

――昨夜、駅の地下道にしゃがんでいたら、教会のシスターが食事を配りにきて、自分にもくれた。

みんな同時に、新聞紙にくるまれたおにぎりに目を落とした。彼はコートを一枚しか持っていない。カピカピの襟《えり》と袖、もとの色もわからないほど汚れている。乾燥ワカメのような長髪で、あのコートを着て地下道にすわっていたら、その手におにぎりをのせてあげたくもなるだろう。

愛の日なのだ。それ以来、タダ賢はクリスマスの日には、慈善活動のおにぎりを持って出勤する。

「いや、僕はねえ、これ、やっぱ、まずいと思うなあ」

室長はこの習慣が気にくわないらしい。

「弁当くらい、作ってくれる人いないのかねえ。早く嫁さん、もらえばいいのにねえ」

ああ、はじまった。

「澤村くんが結婚してあげればいいのに」

ほら、もう！

あたしは精いっぱい、聞こえないふりをする。

「ほら、女なんだから、そろそろ子ども産まなきゃ」

室長は、おかまいなしにつづける。

「どうするんですか、将来。子どもも作らずに、年金だけもらうつもりですか？　それじゃ泥棒ですよ」

ピリッと、めくった書類で手を切った。ばんそうこうとマジックペンのついた指。クリスマスに、こんなのつけたくなかったのに。

「おや、ハルちゃんは、今日は彼氏とデートですかな」

「うふん、だって、クリスマスですよお」

「お泊りだね。彼氏の家かな、ホテルかなあ」

「やだあ、じゃあ、お先に失礼しまあす」

明るい笑い声をのこして、ハルちゃんは退勤していった。まるまるとした体をつつむ、赤とエメラルドグリーンのスキニーパンツ。どんな服でも着こなせる年頃なのだ。

今夜は残業になる。昼間、広報課から電話があった。人事のうわさと上司の悪口、ご近所さんの秘密まで聞いたあとで本題を知った。

「冬休みを長めにとることにしたの。原稿は明日中に送ってね」

次の「市民だより」に載せる『古文書資料室から』の原稿だ。お正月休み明けでよかったはずなのに。

だれもいない職場で仕事をおわらせた。さて、ここからは自由時間。はじめますか、やめられない夜の愉《たの》しみ。

史料庫の保存ケースの鍵を開ける。ふふふん、適当に古文書をとり出し、作業台の上に広げた。

古文書の多くは、役所の記録や訴状だ。秘めた胸の内をのぞき見るような、ドキドキする文書には、そうそう出会えない。それらは想いと一緒に折りたたまれ、こっそりと閉ざされた箱から箱へと伝えられるのだろう。

今宵の相手は『関東《かんとう》御《み》教書《きょうじょ》』。ほう。トドメの言葉、『依仰執達如件《おおせによりしったつくだんのごとし》』。切れ目のない流線形の『如』。いいぞ、∞（無限大）を思わせる。これはセクシーだ。

墨の跡は美しい遺跡みたいだ。青やセピアのこもった黒い糸。繊維のすきまに染みこんだ墨汁の、あともどりできぬいさぎよさ。読むべき人はとうになく、色あせた紙の上にあって、数百年みずみずしい筆跡。あらゆるものがジットリと腐ってゆくこの国で、令和まで生きのびてきた文字達の健気さよ。

そんな線の跡を、あたしはいつまでも指でなぞってみる。時を越えた文字との交流が、血の奥に眠っている大むかしの成分を呼び起こし、さざめかせる。

ああ。胸がざわざわする。これは恋だ。このときめきは、恋の一種なのだ。そう思っていた。

この季節の街は、魔女のクスリでも飲んだみたいに、大さわぎしてうなされている。冬枯れの樹に巻きつけたＬＥＤ。デパートのショッピングバッグの糊《のり》の匂い。胃腸薬の特大ポスター。カーネルおじさんとペコちゃんが、おそろいのサンタの衣装で寄りそっている。森の中の地下室にいると、駅前商店街のキラキラは別の惑星だ。

クスリは今夜で切れる。残飯の山と一緒にしらっとした朝が来て、人々が急に「寒い」と言いはじめる。

いつまでも笑う若い子の群れ。酔っぱらい。迷惑駐輪。片足スタンド自転車の持ち主はきっと、愛車と同様にちゃんと自立できない人にちがいない。

みんな、幸せそう。

奇跡の起きないクリスマスをどれだけ過ごしただろう。あの人の幻をとなりに置いてみることに、もうむなしさも感じない。

カバンの中から茶封筒を出した。昼間、室長が机まで来て渡してくれたものだ。

「はい、君にも通信簿」

中身はわかっていた。そのまま投げ入れた通信簿を開く。イルミネーションに照らされて『D』の文字が見えた。

『職員　サワムラ　カンナ様　D判定』

またか。

口をとがらせながら、こまかい数字をチェックしていった。

『血色素量10・2　赤血球数３７０　貧血検査に異常を認めます。再検査を受けてください』

この文にも慣れたわ。今さら、おどろかない。

毎年、再検査の判定をつけられながら、あたしは病院に行ったことがなかった。職員検診の結果は忘れた頃に届く。きっと、もう良くなっているはずだ。そう勝手に判断しては、翌年のクリスマスにまた『D』をもらっていた。

今回の問診を担当した年配の女医は、感じが悪かった。

「澤村香菜《かんな》さん、えー、ご結婚はされてから何年目？」

「していません」

「一度も？」

はい、と事実を答えた。

「あら、ごめんなさいね」

ごめんなさいって。

「キレイな方なのにねえ」

おまけのようにつけ足すと、こちらの表情など見ずに、えーと、とメガネをさげながら問診票をめくった。

「あらー、ちょっとあなた、ずっと『D判定』なのねえ」

となりのブースの医者にも報告したかったのかと思うくらいの大声だった。

今年もおなじだ。健康上の『D』が、「人生まるごとD判定だよ」と言っているみたい。

「どんくさい」の『D』。何かに気づくのは、決まって最後だった。

「えっ、知らなかったの？」

いつも、この言葉からはじまった。

同級生の十年おくれの道をあたしは歩んでいた。彼女らが勝負下着の準備や、入籍や修羅場に忙しかった時に、何をやっていたのだろう。

気がつけば四十歳になっていた。横穴式石室で暮らし、古文書に恋する四十歳に。


育った家は、多摩川をはさんだ向かいにある。博物館とおなじ市内だ。あたしはわざわざ、となりの市のアパートから、実家近くの職場に通っている。生身の骨から肉を剥《は》がすような思いをして出た家。両親のいるその家に、今年がおわる二日前に帰った。

「香菜、お父さんを呼んで。ご飯にしましょうって」

「はあい、二階の人は？」

「ああ、純ちゃんは、いいの」

「ふうん」

純ちゃんは三つ上の兄だ。あたしとは、あまり似ていない。顔も身体も細くて、日本人にしては、てっぺんのとがった高い鼻を持っていた。

ものごころがついた頃には、兄はもう今の状態だった。ぜんそくとひどいアレルギーがあって、季節が変わるたびに寝込んでいた。小学校も中学校も、半分は家にいた。気むずかしくて、すぐにかんしゃくを起こす。家の中はいつもピリピリしていた。

何とか高校を卒業して進学した彼は、一日しか大学に行かなかった。学生センターから「しばらく休学して、体調が良くなってから授業を受けてはどうですか？」という提案があった夜、家中の壁をカッターで切り裂いた。その日から完全におかしくなった。自分の部屋にバリケードを作り、食事はドアの前まで持ってこさせる。しばしば、くだらない理由で激昂した。ポテトチップスが好きなメーカーのものではなかっただけで、お母さんの髪の毛をつかんでひきずりまわし、家族のバイ菌がついていると言って、トイレのスリッパを窓から投げ捨てた。

かんしゃくは、だんだん幼児みたいになっていった。会社員の年齢の男が泣きながらあたり散らすのを見るのは、なさけなく、腹立たしくもあった。

昼も夜も、ドスンと部屋の壁を殴る音がする。食卓で笑い声を立てることも、できなかった。あたしはずっと、お母さんが「純ちゃん、どうしようかねえ」とつぶやくのを聞いていた。息子がひきこもるようになってから、社交的だった両親の外出もめっきりと減った。

彼は十年間、部屋にこもっていた。出てくるようになると、さらに地獄が待っていた。夜のニュースの時間に起き、リビングで指導がはじまる。キッチンのシンクが汚い、リモコンを定位置に置け、国産の食品しか買うな。そして、「お前らのせいで人生がつぶされた、一千万円置いてこの家から出て行け」とどなる。刃物をふりまわされ、パジャマで庭に避難したこともあった。

夜中にシャワーを何時間も浴びる。ボディシャンプーは一晩で使い切ってしまう。そのあと、テレビの大音量が明け方まで聞こえてくる。そんな生活が次の十年だった。

血がつながっているからこそ、家族は悲惨だ。卒業も定年もない。お兄ちゃんとも呼ばなくなった。あれは〈二階の人〉だ。

リビングは、〈二階の人〉の占有スペースになっていった。ゲームソフトとＤＶＤが積まれた場所は、子どもの時からのあたしの定位置だった。わざとそうしている。パッケージの山がなだれを起こしたので、壁ぎわに積みなおしておいた。

翌日、仕事から帰ると、部屋の本棚がからっぽだった。みんな庭に落とされていた。卒業文集や友達からの色紙、苦労して手に入れた論文。成長を記録した家族のアルバム。ゲームソフトを勝手に動かした腹いせだ。投げ捨て、破いて火までつけた。あたしは燃えかすをつかんで、彼のドアを叩いた。

「いいかげんにしてよ！」

出てきた手には、金属バットがにぎられていた。追いかけられて、お母さんと二人、靴下のまま表通りまで逃げた。家族を追い出すと、家中の鍵をかけて土下座を要求した。

「入りたかったらあやまれ。お母さんも入れないからな。凍死しろ。ぜんぶお前のせいだ。オレが納得するまで、地面から頭をはなすな」

あの人はいつも、あたしの大切なものを楯《たて》にする。家の中の居場所、思い出、がんばったごほうび。そして、お母さん。何をすれば、いちばんつらいか、わかってやる。頭のまわるあわれな卑怯者だ。

真冬のことだった。近所の人が、寄り合いに行っていたお父さんを呼びもどしてくれるまで、あたしは凍りついた芝生に頭をつけていた。

そのあとだ。お母さんが言った。

「わたしの子育てがまちがっていたんだろうね。悪いんだけど、わたしが死んじゃったらさ、あんた、純ちゃんをお願いね。きょうだいなんだから面倒見てやってね」

その言葉を聞いて、家を出ようと決めた。一人でアパートをさがして、不意打ちのように引っ越した。そんなふうにしなければ、家からはなれられないような気がした。兄があんな状態だから、自分が家にいてあげなければ。そう思う一方で、この先もずっとこうなのかという恐怖に、こわれてしまいそうだった。

お父さんとお母さんは、荷物を積んだ車が走り去ってゆくのを門の前で見送っていた。焼けてしまった家族アルバムの代わりにと、お父さんはあちこちからあたしの写真を集めて、新しいアルバムをこしらえてくれた。そのアルバムは部屋に置いていった。娘を守ってくれなかった両親への復讐だった。四年前のことだ。

「香菜、正月どこへ行くんだっけ、台湾？」

「タイだよ」

「あぶなくないのか」

「大丈夫よ。ユリ子も一緒だし」

「ユリ子ちゃんはねえ、あの人はしっかりしているからいいけど」

ふん。だまってジャガイモをくずした。「たまにはオフクロの味もいいでしょ」と言うお母さんは、実家に帰るたびに肉ジャガを作る。

「ねえ、ニンジンばっかり入ってる」

「そう？　食べなさいね。貧血なんだから」

「お母さん、大葉のドレッシングはかけないでって、言ったじゃない」

サラダを奥にやると、目の前にもどされた。

「おいしいわよ。せっかく作ったんだから、わがまま言わないでちょうだいよ」

わがまま？

あたしはムスッとした顔で、ガラス鉢の中の野菜をぜんぶ口に入れ、バリバリ噛《か》みはじめた。小学校の、あの水槽の味だ。三十年たっても忘れない。びっしりはびこった苔と魚の臭いが、のど、肺、鼻に充満する。こいつは肉ジャガが消化したあとも体内に居すわって、いつまでも悪臭をあげてくる。

大っ嫌いだ、大葉！　バジル、セロリ、春菊も！　お前らはみな、悪魔の草だ。

これは自傷行為だからね。受け入れられないもので内臓を傷つけてやる。こころの中でそう言いながら、おすましに浮かんだミツバをそっとお椀の縁にはりつけた。

お父さんはまだくいさがる。

「タイに何しに行くんだ」

「えー、いろいろ観たり、買い物したり」

「いい歳をして、そんなところへ行って遊んでいるのはお前くらいだろうが」

「好きにさせてよ」

「お前は好きにやってるじゃないか。親の言うことなんか、聞きゃあしない」

お父さんの茶碗の横には、テレビのリモコンが置いてある。わが家では、リモコン権は長男にあった。彼の部屋に専用のテレビが入るまで、好きな番組なんて見せてもらえなかった。

最近、テレビを買い替えた。お茶碗も見おぼえのない柄になっている。置いてきぼりにされたよう。娘がいなくなっても、家では家族の生活がつづいているのだ。

妹が実家を捨ててからほどなくして、ひきこもり息子は働きはじめた。近所にある印刷会社の社長さんが声をかけてくれて、在宅のアルバイトをするようになっていた。

ドスドスと階段をおりる音がして、玄関のドアが閉まった。〈二階の人〉が出て行ったのだ。コンビニか、駅前のマンガ喫茶か。明け方まで帰ってこないだろう。あたしが帰ると、彼はああやって外出する。

お父さんもお母さんも、お箸《はし》を動かしつづける。あたしもそうする。家から逃げても、ちっとも楽にならない。

解放されたい。みんな忘れて、遠くに行ってしまいたい。

夜中に台所で電話が鳴った。とんで行って、受話器をむしりとった。こんな時間に家にかかってくるのは、親への用事じゃない。いい話じゃないな、と感じた。ユリ子からだった。

「夜遅くにすいませんね」

「はい、こんばんは」

「あのさ、ぼちぼちパソコンかスマホ買わない？」

「いらない。機械にふりまわされるおろかな人類になるの、ヤダ」

あいさつ代わりになっている会話をすませると、ユリ子が言った。

「悪い、タイだめだわ、ごめん」

「あらま」

電話をかかえて、そっと床にすわりこんだ。暗い台所で冷蔵庫に向かってしゃべっていると、親にかくれてつまみ食いをしている子どもみたいな気持ちになってくる。

「仕事で何かあった？」

「ちょっとね。年明けすぐには出社しなきゃ。担当している件だから、ほかの人にお願いして旅行ってわけにはいかなくて」

「そうだね」

「キャンセルの方はあたしがやっておくから。キャンセル料については、そのあとでいいかな?」

「こっちでやろうか」

「いいよ、あんたじゃ不安だし。また今度ね、都合つけて」

「うん、ねえ、あの」

あたしは、さらにしのび声になって冷蔵庫に顔をくっつけた。裏側でヒャーン、とうなり声がはじまった。

「なに?」

「あのー、あたし、行っちゃってもいい?」

「え?」

「行きたいんだけど、タイ」

「だれと」

「一人で」

「いや、いいけどさ。本当に行くの、あんた一人で? なんで?」

イエーイ! と、冷蔵庫が声をあげた。

2 瑠璃紺《るりこん》の国

わっさ、わっさ、わしわし。バナナの葉が冷たい影をかさねている。その上を、怪鳥のごとく風が渡ってゆく。

わさわさわさ、ばさばさばさ。

水の目抜き通りを行き交う舟のすきまで、草色の波がゆれている。

楽園だ。ブーゲンビリアの満開の下、あたしはだらんと足を投げだしていた。

両親はユリ子よりもっとおどろいた。

「やめときなさいよ、ユリ子ちゃんが行かないなら。もう心配かけないでちょうだい」

親をオロオロさせて新年をむかえ、アパートに帰ると旅のしたくをして日本を発《た》った。

まあ、なんとか、一人で海外旅行ができたじゃない。ラーメンの小どんぶりをかかえながら、満足げに空を見あげた。

タイの気温にはまいった。東京だと八月五日あたりに、暑くて苦しくなる日があるけれど、この国は毎日、八月五日だった。

ここは、かつてのシャム王国。お気に入りだった絵本『九月姫とウグイス』の舞台だ。

でも、なんだかちがう。バンコクに着いてすぐ思った。挿《さ》し絵にあった、かぐわしい風景はどこにあるのだろう。ここは、ほぼ新宿だ。

街を歩くと、すぐにヘロヘロになった。太陽光線は合戦の矢のように帽子に突き刺さる。渋滞の音、排気ガスの毒気。大通りから路地に入れば、うす暗くしけっていて、汗と魚の臭いがした。

しかたなく、また熱まみれになって穴だらけのアスファルトを歩く。手の中の地図が汗で煮えてくる。

ええい！

思いきってトゥクトゥクを止めた。屋根つき巨大三輪車から、日焼けしたおじさんが降りてきた。

「王宮まで」

ガイドブックの注意事項の通りに、地図で目的地を確認し、先に料金の交渉をする。おじさんは「ご心配なく」という顔でうなずくと、ボロ布でシートのホコリをはらった。

トゥクトゥクは快適だった。転げ落ちそうなほど速かった。排気ガスは塵《ちり》になって、うしろに消えてゆく。靴を焼きながら歩いた道も路地の臭いも、ぐんぐん遠ざかる。

風が来た。この街のどこで、こんなステキな風が休憩していたのだろう。あたしは木かげを飛ぶトンボのように、緑に洗われてゆく。わお。

やがて王宮の壁が見え、小さな門の前で降ろされた。トゥクトゥクが去ると、一人の兄《あん》ちゃんが話しかけてきた。

「ハロー。王宮を見にきたの？」

白い立て襟のシャツ。床屋さんみたいな恰好だった。

「今日、王宮はセレモニーをやっていてね。四時までは、一般の人は入れないんだよ」

すごくわかりやすい英語で、彼は言った。時計を見ると二時だった。

「あなたは案内の人？」

「ノー、ノー、マッサージ」

ははあ、ワット・プラケオのマッサージ師さんね。王宮がダメだと、つながっているワット・プラケオにも入れないのか。ついてない。

「ボクもおわるのを待っているんだよ。君は地図を持ってる？」

「ええ」

「この辺をまわってくるといいよ。四時まで」

彼は胸ポケットのペンで地図の上にマルをつけた。

「ここはウォーキングブッダ、歩いているんだ。これがハッピーブッダ、幸せになれるよ、行ってごらん」

幸せのブッダ。

この響きは、ちょっと魅力的だった。のぞいてみようかな。

「親切にありがとう」

信号が青になったところで兄ちゃんと別れた。王宮の前にすずしげな公園がある。冷たいものでも買って、四時までのプランをねろう。すると、トゥクトゥクが横に停まった。先ほど王宮に送ってくれたおじさんだった。

「おいでよ、乗りなさい」

「え？」

「二時間、ぐるっとまわってあげるよ」

どうしようか。

考えていると、おじさんは自信たっぷりに、しなしなしたパンフレットを出した。

「ジュエリーの店に寄って行こう」

「宝石？　ノー、興味ないわ」

「ダイジョブ、ちょっとだけ」

「行かない」

「ダイジョブ、ダイジョブ」

しつこいな。すると、さらに一枚の紙を見せてきた。

『このおじさんは、怪しい人ではありません。このおじさんが案内する店は、良心的な店です。安心してください』

入学願書みたいにていねいな、妙にふるえた日本語の文字で書いてあった。

あやしいっ！　思わずトゥクトゥクからはなれた。

「バイバイ！」

おじさんを振り切って、全速力で公園の中に逃げた。

あ。うん？

ようやくどんくさいあたしの頭が、何かに気づいた。

おかしくない？

変だ。これは変ですよ。

もう一度、地図を広げてみた。さっき降ろされたのは、王宮の正面の門だった。でも、見学者用の入り口は別の場所にある。そこが閉まっているのをたしかめたわけじゃない。

そもそも四時って、通常なら見学終了の時間だ。

歩きだすと、すぐに男が声をかけてきた。

「ヘイ、ジャパニーズ、王宮はもうクローズしてしまったよ。ほかの場所を見に行きなよ」

男のうしろには、トゥクトゥクがスタンバイしている。

やっぱり。

角を曲がると、大型バスが停まっているのが見えた。王宮の門は、のんきに口を開けて観光客をかき入れていた。あの二人！　最初から組んでいたんだ！

そう。

この街では、そういうことがあるわけね。

王宮もワット・プラケオもすばらしかったのだろう。残念ながら記憶がない。悪徳マッサージ師とトゥクトゥクおじさんの印象だけがのこってしまった。

バカにしないでよ。ブツブツ言いながら、黄金の夕日にかがやく宮殿をあとにした。はじめての一人旅で気合いが入ってしまったのは、初日のこの事件のせいだった。

三日目の午後。あたしはワット・アルンの裏庭で子猫とのびていた。

タイのお寺には軒先がない。タケノコ型の仏塔ばかりが、太陽に立ち向かっている。

『暁《あかつき》の寺』と呼ばれるワット・アルンも、昼間は焼きタケノコだ。白壁に散らしたカラフルなタイルがまぶしい。

濃い空。これは瑠璃紺《るりこん》、仏国土の色だ。しんとした博物館の仏画の中で、ひときわ清浄な光を放つ色。その瑠璃紺の空が、熱せられた鉄板のように街を炙《あぶ》っている。日射しなど気にもせずに、小坊主らしき男の子達が、ほうきをブンブン振ってホコリをとばしていた。

これからどうしようか。意気込んで観光した結果、バンコクに飽きてしまった。皇居と浅草と秋葉原を見た気分だった。明日は最終日だ。もっとディープなタイが見てみたい。ちょっとだけ、遠くへ行ってみようかな。

——今回は近場でのんびりしようよ。

ユリ子の言葉を思いだすと同時に、ひらめいた風景があった。まだ汗のしみていない『バンコク郊外』のページをめくってみる。中学の地理の資料集に載っていた場所。それは、タイの水上マーケットの写真だった。あの水の商店街に行けないかな。

『フローティングマーケット。バンコクの西南一〇〇キロメートル。バスターミナルから高速バスで二時間』

水上マーケットは朝市みたいなものらしい。朝早くのバスに乗って、にぎわう午前中だけ見てお昼にあちらを出発すれば、夕方にはバンコクにもどってこられる。東京に帰る深夜の便には、じゅうぶん間に合うはずだ。

行こう！　水上マーケットへ。資料集で見た場所へ。明日、あの写真の中にあたしは立っている。

ワクワクが止まらない。頭の中で、『インディ・ジョーンズ』のテーマが流れはじめた。

村のおばちゃん　小舟でおつかい
おチビちゃんには　腰ヒモつけて
玄関の先は　水の上だから
肉屋舟も通る
八百屋舟も通る

『インディ・ジョーンズ』にデタラメな歌詞をあてながら、水ぎわをスキップしていた。すごい、本当にここまで来ちゃった。

橋から見おろすと、おもちゃがいっぱい、ぶつかり合って流れてゆくみたいだ。コーラの旗が風になびき、カフェの手すりは欧米の観光客の灼《や》けた腕でうまっている。市場ではピグモンみたいなランブータンの山が、あまったるい匂いをピューピュー吹き出す。この水路をぜんぶ探険しよう。

フルーツを片っぱしからしゃぶり、大蛇を首に巻いて記念撮影し、安タイシルク屋をひやかし、小腹がすいたところで、船上ラーメンを注文した。屋台舟には、小さなガスボンベと、まな板ほどのキッチンしかない。足で舵《かじ》をとりつつ、おばさんの手は、機械のように正確にボウルの上を動いてゆく。

金色のラーメンがやってきた。干しイカの浮いたスープ。タマゴ色の麺も、白身魚のつみれも、プリプリはじけて口の中を逃げまわる。お腹をかかえて天をあおぐと、ブーゲンビリアのピンクが目にしみた。

楽園だわ。

時計を見ると正午だった。水路の舟も、だいぶまばらになっている。市場裏のパーキングから、団体さんを乗せた観光バスが発車してゆく。そろそろ帰らなきゃ。

あれ?

どうやって帰るんだっけ?

あたしは運河からはなれて、朝、バスを降ろされた広場にもどった。バスはぐるっとUターンして行ったけど、ここで待っていれば、そのうちに来るのだろうか。貸しボート屋のおばあさんをつかまえてバス停をたずねると、おおざっぱに「あっちだよ」と道の向こうをさした。
おばあさんの指の延長上に立った。ジャングルの中の一本道だ。
静かだ。太陽のエンジン音が聞こえてきそうだった。だれもいない。
ケッ、
ケッ、
ケッ、
どこかでニワトリが鳴いている。
ケッ、
ケッ、
ケッ、
ケッ、
どれくらい待っただろう。風も止まった。村の時間が、のたくらと過ぎてゆく。不安に耐えきれなくなって、走りだした。リュックが背中でバカバカ踊った。足と息の限界まで走っても、何もなかった。今度は反対の方向に走り、あきらめてひき返した。
ない。バス停なんか、ない。タイの田舎にとりのこされてしまった。

広場のへりに腰をおろすと、ツンと目頭が痛くなった。ガイドブックに帰り方が載ってないよう。行きは簡単だったのに。水上マーケットの写真を見せるだけで、通じたのに。舞いあがったホコリがはりついて、口がネバネバしてきた。目玉が焦げそうな照り返し。暑い。電線一本分でいいから、物かげに入っていたい。

どうしよう。このまま、バスが来なかったら。夜までにバンコクにもどらなきゃいけないのに。日本に帰れなくなっちゃう。

ケッ、

ケッ、

ニワトリが鳴いている。その声がいっせいにケケッと大きくなったので、顔をあげた。自転車に乗った人がぷらぷらと横切ってゆく。タイの三角笠に、ひざまでめくったズボン。農家のおじさんのようだが、シルバーのパイプを小さな車輪でささえたそれは、折りたたみ自転車だった。

旅行者だ！

「すいませーん！」

日本人！　日本人でありますように！

「待って、待ってください！」

「どうしましたあ」

待っていたのは、リュックを背負い、落ち武者のようなヒゲを生やした日本人男性だった。年末の地下道にすわっていたら、この人もシスターからおにぎりをもらえただろう。

「あの、バス停、どこだかご存じですか」

「どちらまで」

「バンコクに帰りたいんです」

「ちょっと、ここで待っていてもらえますか」

そう言うと、男性はバナナ並木の彼方に消え、やがて、キコキコという音とともにすがたを見せた。手を振って叫んでいる。

「もうすぐ来ますから」

「はい、はいっ！」

数分後、真っ白い土けむりをあげて軽トラックがあらわれた。荷台にビニールのカバーが張ってあり、のぞくと竹カゴをかかえた母娘と目が合った。

「これ、ですか？」

「えーと、途中の町で、バンコク行きの大型バスに乗り換えてください」

「乗り換え……？」

あたしはきっと、迷子の小学生みたいな顔をしていたのだろう。落ち武者さまは、キリストさまのようなおおらかさで言った。

「じゃあ、僕も一緒に乗ろうかな」


「着いた、着いた。バスだと早いなあ」

水上マーケットのプリン型竹笠は、バンコクのビル街ではすこぶる目立ったが、バックパッカー氏は、にこにこして歩いていた。頬までおおったヒゲに黒ぶちの眼鏡。ちょっと考古学者みたいにも見えた。

「よかった。わたし、今夜の便で日本に帰るんです」

「おー、ははは」

ヒゲ面の人の半数が持っている子どもっぽい目が、まっすぐこちらに向いた。

「今日帰国するのに、あそこまで行ったんですか？」

「バンコクは、いっぱい見ちゃったので」

「じゃあ、あれ、やられた？　王宮の前で」

「パレス、ナウ、クローズ」

「あー、やっぱり、みんなやられるんだあ」

「おかげで、タフになった気がします」

うん、本当に、なんと力の入った日々だったことか。チャオプラヤ河の岸辺に出た。ワット・アルンがジェラートみたいにやわらかい線で浮かんでいる。夕空に、すみれ色のジェラートはとろけそうだった。青空の似合う国だったけど、晴天地獄でもあった。この街の夕暮れはやさしい。森も寺も人間も、昼間キリキリ戦ったあとで、ふっと力を抜く瞬間がいい。

雑貨屋のペンケースが目に止まり、〈二階の人〉へのおみやげに買った。日常に帰るころの準備がはじまっている。

「ねえ、僕の秘密基地を教えましょうか」

彼が歩きだした。途中でヒョイと横道に入ると、市場があった。おみやげになるようなものはない。ザルやほうき、生活用品が積まれている。通路はせまく、曲がるたびに暗くなってゆく。吊るされた肌着のあいだから、店番のおばあさんの眼がのぞいている。こちらに声をかけることもなく、ただジイッと見送っている。

この市場はヒミツすぎないか。どこへ連れて行くの？　ドキドキしながら前の背中を追った。

市場の裏には倉庫がならんでいた。大きな袋をかついだ男の人が行き来する中を通り、戸の開いた小屋へ入ってゆく。息を殺してついて行くと、すぐ先に出口があり、空が見えた。

わあ。

そこは水上に張り出されたベランダだった。かしげたプラスチックイスが数個と、さびた保冷庫が置き去りになっているほかには何もない。手すりのペンキは剥げ、板の割れ目からは水面が見える。でも、広い床いっぱいに吹く河風が心地良かった。ここからはバンコクの夕焼けが独り占めできた。

「特等席ですね」

このベランダがとても気に入った。なんて美しい秘密基地だろう。手すりに触れると、ほんわかとあたたかかった。

「オンボロですから、あまり寄りかからない方がいいですよ」

あたしのリュックを押さえながら、彼が笑っていた。

光のあたる雲がいくつも走って、羽根に見える。夕焼けは大地に生えた翼だ。この世界を星の中へと運んで行く。熱はするすると大地から抜け、夕闇が夜の底にそそぎこまれてゆく。やわらかな闇の匂いが、二人をひたしていた。

世界はこんなにやすらかに夕暮れてゆくのね。来てよかった、九月姫の国。

バックパッカー氏はリュックからタバコを出して火を点け、空へとけむりを吐いた。

「あー、うまい！　うっまいなあ」

風にさらわれてゆく白いすじを見ながら、満足そうにのびをした。

屋台の灯がともった。河岸に沿って裸電球がつづいている。水上バスの待合所で、おじさん達がやれやれと脳天を冷やしながらビールをあける。新橋のガード下みたいだな。

「タイははじめてですか？」

タバコを吸ってしまうと、彼がたずねてきた。

「はい」

「よく一人で旅行をされるんですか？」

「いいえ、人生初の一人旅なんです」

「へえ、そうなんですか」

「なんだか、ムチャなことをしてみたくなっちゃって」

屋台で買ったバナナ入り粽《ちまき》をほおばる前を、夕日を蹴散らして水上バスが走ってゆく。トゥクトゥクに懲《こ》りたあと、水上バスにもずいぶんと世話になった。船にとびうつるタイミングをつかめず、何度も桟橋にとりのこされたけど。

「うらやましいな」

はい？

「僕なんか、しっかりした予定も立てずにフラフラしていますからね。今日、絶対にやらなきゃってことがない。そうすると、ムチャをしようって気持ちがうすれてくる」

折りたたみ自転車でこんなに暑い国をさまようことの、どこがムチャじゃないんだろう。

「これがバンコク最後の食事ですね」

「はい、最後です」

「どんなものを食べました？」

「ほとんど、お粥です。お腹が心配で。もうちょっと、チャレンジしてもよかったのかな」

「チャレンジかあ」

粽の葉をポケットにつっこみ、彼はリュックを持ちあげた。

「まだ、デザート入ります？」

T字路のつきあたりに、小さな明かりをぶらさげた屋台があった。

「僕も未体験です。少々ヤバそうだけど、いっぺん食べてみたかったんだ」

注文を受けて、小学生みたいな男の子が、慣れた手つきで鉄板の上にオレンジ色のバターを落とした。

おおっ、ヤバい。これは、かなりヤバいぞ。胃がうろたえるのを楽しみながら、なりゆきを見つめた。

たっぷりの油の湖の中で、うすい生地がジブジブ踊っている。

「クレープみたいなもんですかね」

玉子もつける？　男の子がジェスチャーして、もちろん！　と答えた。玉子が投入され、つぶれた黄身に青菜の破片を散らして、絶妙の半熟状態でクルッと閉じる。大量のコンデンスミルクがそそがれ、男の子はさらに、わしづかみにした砂糖をぶちまけた。生地が見えなくなって、けむりが目にしみてきた。こんなワイルドなデザートは見たことがない。

二つのクレープが紙に巻かれてやってきた。

「うわあ」

「うおお」

二人して、しばらく「うわあ」がつづいた。手と口で、熱さを押しつけ合うようにして飲みこんでゆく。バターとコンデンスミルクのトロトロした熱が、容赦なく胃を攻める。

あたし達は落ち着きなくデザートを終了し、油のついた手を持てあましながら、うなずき合った。

「うん、おいしい！　おいしかった！」

「うん、正解！」

大満足して、バンコクの観光をしめくくった。

デザートのあとも、空港行きのバスが来るまでつきそってもらえた。ノロノロ動く車の河を見ながら、あたしは排気ガスと真夏の夜の風を名残惜しく吸いこんでいた。

「タイはすごく楽しかったです」

「冒険しましたね」

「いっぱい冒険できました。たった四日間なのに」

「時間じゃないんだな、旅は」

「まだ旅をつづけられるんですか？」

「帰ろうかな。ぼちぼち帰ろう、僕も」

「では、お気をつけて。ありがとうございました」

「はい、そちらも気をつけて帰ってくださいね」

さわやかな笑顔だった。この人は、ずっとこうやって、旅先でいろんな人と出会ってゆくのだろうな。そして、さらりと別れちゃうんだ。あたしは、いっぱい出会った中の一人。ここでおわる相手。名前も知らない。

　また、会ってみたいな。

　──わたしと、また会ってください！

　なんて言えてたら、人生が変わっていたのかも。

「バス、来ましたね」

『AIR　PORT』という文字が見えた。どんどん近づいてくる。速いなあ、渋滞しているくせに。あたしは、ちょっと前へ出て、彼は少しさがった。

　ここで別れたら、もう一生会えない。

「あのう」

　目を伏せたまま、あたしは振り返った。

「また、日本で会えますか？」

「あ、そうですね」

　彼はリュックのポケットをまさぐると、小さな紙切れを渡してくれた。指から、さっきの玉子クレープの匂いがした。

「よろしかったら、ここに連絡をください」

「あ、はい、どうも」

　あたふたとそれをパスポートの中にはさんだ。「あ、はい、どうも」を最後の言葉にしてバスのステップをあがると、すぐに扉が閉まった。折りたたみ自転車をかついだ人が手を振るのがちらりと見えて、ライトの洪水にかき消された。

バスの中で、街の灯にあて名刺を見た。青っぽい紙には、『PC　FORT　ITAI・SOU』。

でも、次に書いてあったのは住所でも電話番号でもなく、アルファベットと数字をつないだ暗号だった。これ……。これって、メールアドレスってやつ？

シートにしずみこんだ時、玉子クレープの奥から、食べたおぼえのない異臭がわきあがってきた。一年間放置した水槽の臭い。フナをつかんだ手で顔をおおわれた時の青苦さ。さっき、男の子がクレープに散らしていた、菜っ葉は……。

パクチーだ。バンコクの路地に大量に積んであった、あのおそろしい植物。香草界のラスボス、人間への嫌がらせのために魔王が栽培した呪いの草。ずっと避けてきたのに。あたし、パクチーを食べてしまった！

3　六人目のスナフキン

「どええいっ！」

坊主っくりが一人、傘をまわしながら脇をかけて行った。

「また、つまらんものを斬ってしまった！」

いつもの通勤路に帰っていた。タイの強烈な風景から、たった数時間で日本にもどってしまう。けれど、夢のようであっても、あれは現実だったのだ。

今朝も小雪が舞っている。東京の雪は黒い。そのヨゴレ雪が見えないほど、どんと空が重くて、熱線にさらされつづけた体にはこたえた。

「澤村さん、大変だったんですねえ」

コトンと、ハルちゃんがコーヒーカップを置いてくれた。

「なんだか、顔が、黒いというか、青いというか」

あたしはよほどゲソッとした面で、初出勤の席に着いているのだろう。

昨日の朝、空港からまっすぐ実家に行った。おみやげを置き、すぐに洗い物にとりかかった。

「やっといてあげるわよ、洗濯なんか。休んでいなさいよ」

「いいよ、自分でやるよ。遊んできたんだから」

お母さんに背を向けて、洗濯機をまわしはじめた。お風呂のとなりの脱衣所は氷の上みたいだ。こんな冬の日に、ノースリーブの夏物を洗う。タイの日射しとホコリと汗が、服からとけだしてゆく。お正月の夏の日の思い出。

ごんごん、ちゃぷちゃぷ。水がチャオプラヤ河の色に近づいてきた。ひそやかに、あたしは歌った。

Moon river,
wider than a mile

あのたくましい河の夕暮れに、なぜだか『ムーンリバー』の旋律が似合う。

I'm crossing you in style someday

そう、いつか、颯爽《さっそう》と大河を越えてゆく。そんな日が来るのだろうか。

洗濯機の前で、ものさびしい気分にひたっているうちに、足も腰も冷えきっていた。

「あ、いたたたたた」

急激に腹痛におそわれた。腸の中にマキビシがばらまかれたよう。髪の生えぎわから汗がどっと落ちて、ビリビリと悪寒が走った。

その後、洗濯物とあたしは、全面的に母親の世話になることになった。

「だから言ったでしょう。明日はどうするの、お休みする？」

「行きますよ。初日から休めないでしょ」

ましてやタイで遊んだあげくお腹こわしましたなんて、言えない。熱でショボつく目を開くと、冒険のあかしが洗濯ロープにぶらさがっていた。ああ、たぶん、あの最後に食べたクレープのせいだ。

「ちょっと雪がちらついてきたのよ、冷えるはずねえ」

ストーブの火を強めながらお母さんが言った。

「お粥、作ろうか」

「あの人、下にいるんでしょ」

「純ちゃん？　いいのよ、純ちゃんは」

いつのまにか、お母さんの口ぐせは「純ちゃん、どうしようかねえ」から「いいのよ、純ちゃんは」に変わっていた。

うーんと体をのばすと、ジム・トンプソンのショップで買ったクッションをたぐり寄せた。

「これ、使ってもいい？」

「どうぞ。あなたが買ってきたんでしょう」

「お母さんへのおみやげだから」

つやのある緑色の生地に鼻をくっつけると、新品の布の匂いがした。

「お母さんの好きな色でしょ」

「ああ、そうだっけね。水分もとりなさいね」

「ふぁい」

「香菜、返事は『はい』にしてちょうだい」

知らんぷり。あなたの息子さんは「はい」って返事したこと、ありますか。

鼻の上まで布団をかぶると、目を閉じた。台所で立ち働くスリッパと、テレビの音が聞こえてくる。番組がひんぱんに変わるのは、あの人がリモコンをにぎっているからだ。妹がいるからイライラしているな。おみやげのペンケースは使わないだろう。いつまでも居間のテーブルの上にあって、そのうちにお母さんがどこかにしまう。気に入らなかったら、ほうりっぱなし。もらった物への愛着のうすさが、うらやましい。あたしは両親からのプレゼントは、つつみ紙も捨てられなかった。

いつだったか、叔父《おじ》さんが社内配達のアルバイトの話を持ってきた。

「とにかく一度外へ出てみろ。やりたい仕事がないだの、言ってないで。お前、妹はえらいもんだぞ。女学者で、好きな仕事をやっているじゃないか」

彼はそっぽを向いたまま、「僕には妹なんかいません」と言い、こっちもつい言い返した。

「わが家に、まともな息子がいないだけよ」

このイヤミは、兄のいちばん嫌がるところをねじりあげた。彼は顔を真っ白にして、近くにあったスチール製の筆箱を投げつけてきた。

みしっ。あの時の音ははっきりおぼえている。頭の奥でにぶい振動がして、火傷《やけど》のような痛みが走った。思わずあてた指がヌルっとすべり、右目が開かなくなった。前髪とシャツの胸を血まみれにして、あたしは病院に運ばれた。

ケガを負わせた方の人は、二階にかけあがったきり、ひと月も部屋から出てこなかった。

まぶたを四針縫って帰ったら、叔父さんの小言が待っていた。お前がよけいなことを言うからだと。

　まぶたの傷は今ものこっている。マヌケだわ、あの人にペンケースなんて買ってしまった。

　布団の中の空気が変だ。ううっ。息を止め、寝返りをうって、うめいた。

　パクチーがいる。胃壁に根を張ってしまったように。あとから食べた物など押しのけて鼻腔へあがってくる、しぶとい青臭さ。でも、なぜだろう。バンコクのドキドキした夜もよみがえってくる。臭いにみちびかれるように、とってもあざやかに。


「あれ、タダ賢くんは？」

　となりの机の上にショルダーバッグがのってない。ハルちゃんは、ふーんと、こまった顔で首をかしげた。

「また、行っちゃったの？」

　あいつはたまに、職場から消える。収集のためだ。地方の旧家や研究所にアポなしで古文書を見に行ったりもするので、資料室に苦情の電話が入ることもある。天才賢ちゃんは、つきすすむ。

「タダ賢さん、どこかの国の機密情報でもにぎっているんじゃないかと、時々不安になります」

そうだ。暗号なら、ここにもある。あの名刺。そっとイスを漕ぐと、あたしはハルちゃんの肩にあごをくっつけてささやいた。

「ねえ、パソコンって、メール打てるの?」

「ええっ」

ハルちゃんは、鼻の穴をまんまるにして叫んだ。

「どうしちゃったんですか、澤村さん」

「あ、できないの。ごめん」

「いや、できますよ、パソコンですから。でも、そんなのイヤです。澤村さんらしくないです」

かなしそうに見つめてくる。

「澤村さんは、知的なのに機械が使えないところがステキなんです」

「とうとう澤村くんがやる気になったか」

おおげさな口調で室長が言うと、

「じゃあ、ごほうびに分けてあげちゃおうかな」

ゴーフルのバニラ味が一枚ずつ、あたしとハルちゃんの机の上に置かれた。

「只野はいらないな。男だから」

おっさんは三枚目のゴーフルを缶にもどした。

「広報課からの差し入れです。『市民だより』の原稿をいそいでもらったので、そのお礼ですって」

ピッピピー。ハルちゃんの声を口笛でさえぎって、室長は円筒形の缶を自分のカバンに押しこんだ。代わりに大きな枕を出し、机の上に置いた。いよいよ本格的に居眠りをするようだ。

室長のもりあがった頬は、チャーシューのように赤光りして、この部屋のだれよりも血色がいい。反対に、頭皮は枯れている。天窓の光を受けて、やせた髪が金色の野のようにかがやく。そのまるいサバンナがゆらゆらとゆれはじめた。

まずい。こめかみを押さえた。貧血だ。頭蓋骨と脳ミソのサイズが合っていない。クラゲ化した脳が頭の中をただよっている。

お昼にはゴーフルを持って早退した。なさけないけれど、意地や体面より体力の温存を選ぶようになった。

天気はジャボジャボのみぞれに変わっていた。博物館にのしかかっている重い空を見あげる。この雲の彼方の国では、今日もギラギラした一日が過ぎて、太陽よりまぶしい仏さまが横たわっているのだろう。

まだヤツがいる。あたしの内臓は、魔王の草にとりつかれてしまったのか。苦しい。でも、なつかしい。

電信柱に顔面からもたれかかった。

まさか、パクチーの香りで胸がときめくことになろうとは。


数日後、アパートにそれはやってきた。「さあ、わたくしを手に入れたわね」と、えらそうに箱に収まっていた。変な形の発泡スチロールがいっぱい護衛をしていて、処理だけでぐったりした。

これがパソコンか。これは、アイロンのようにコンセントを入れれば動く代物ではないらしい。洗濯機の予約ですら、満足にできないのに。

機械との闘いがはじまった。

セットアップって何？　インストールって何のこと？　日本人が使うパソコンなのに、わけのわからないカタカナだらけだ。

どうして、画面が勝手に消えたり、変わってしまったりするのかな。

あたしは夜ごと、パソコンにうなされるようになった。ここまでする理由は一つしかない。手の中にある、ブルーの名刺。彼とコンタクトをとるには、パソコンであの暗号を打つしかないから。

イタイ・ソウさん。あなたは何者ですか？　今、どこにいるのですか？

『PC　FORT』は会社名か。フォートは城砦《じょうさい》。そうすると建築関係ってことかしら。あのヒゲは建築士っぽいな。『PC』って何だ？

紙きれの縁には、半月の形のシミがある。蜜とバターの、思い出のしるし。

ふと窓を見ると、カーテンの向こうが明るい。

雪。おお、雪だあ。塩おにぎりのかたまりが、どっかんどっかん落ちてくる。太郎も次郎も爆睡するような雪布団だ。

靴下を二重に履《は》いた足を長靴に押しこみ、外に出た。いつもの街は、宇宙人がすりかえてしまったように、別の顔でだまりこくっていた。垣根も電柱の先も、みんなメレンゲをぬられてまるくなっている。

やあっ。スノーアートにとび蹴りをしてみる。そして、しばし冬の香りを独り占めして立っていた。透明に青い空は、じゃんじゃん雪を産む。しまい忘れたとなりの家のイルミネーションにも、犬のウンチの上にも、機械オンチの女の頭にも、それは平等に舞い降りる。

こんな寒い日の夕暮れにウロつく人間はいない。ウロついていい理由は何だろう。

あのお方のところかな。あたしはわざと裏道や空き地を選んで、遠い方のコンビニまで行き、シャケのおにぎりを仕入れた。神社の境内をななめにつっきりながら、神殿の方を向いて小さく一礼した。しんと清められた庭は、神さまの匂いがした。

目的の場所に着いた時には、二重靴下の足も冷たさにしびれていた。藍色で『備後《びんご》表《おもて》』と染めぬかれた畳《たたみ》屋ののれんが、凍ったまままゆれている。

先客がいた。モッズコートの背中が畳屋さんの軒下をのぞいている。若い男の人だ。かたむけた顔の先には、あのお方がいるのだろう。まるくなった姿勢から、やさしさが伝わってくる。しばらくして立ちあがると、男性はフードにたまった雪をはらいながら、駅の方へ歩いて行った。ぬれて色の変わったジーパンの裾《すそ》から、真っ赤になったくるぶしがのぞいていた。

コートをひざの裏にはさみ、あたしもおなじ場所にしゃがみこんだ。

「三代目、寒中見舞いですよ」

三代目は、畳屋さんの軒下に住まう外猫だ。畳屋には星一徹みたいな親父さんと、白い星一徹みたいなおじいさんがいる。親父さんの頑固そうな面がまえを継いだ猫を、あたしはひそかに「三代目」と呼んでいた。この子のファンはほかもいるのね。

彼はつづけざまの訪問者に身がまえながら、じっとこちらを見ている。

買ってきたおにぎりを半分に割り、三代目と分け合って食べた。三代目はご飯のかたまりを飲みこんでしまうと眠ったふりをしたけれど、こちらがまだモグモグしていると、メロンのようなうす目でちらりと見てよこした。

（お前さん、酔狂《すいきょう》だねえ）

うん、そうだねえ。でも、パソコンをいじっているよりも、こんなことをやる方が、ずっと自分らしいと思うのよね。

（フン、ぶぁーか）

そう言うと三代目は、サビ柄の毛を立てて目を閉じてしまった。サラサラと音がして、シラカシの木が重くなった葉をゆらしている。いつのまにか雪は、こまかに、ゆるやかになっていた。

粉砂糖の雪が降る。夜空まであまくコーティングして。

奇跡の時は突然やってきた。何やら画面が動いて、すぐに電話が鳴った。

「ちょっと、何これ、どういうこと？」

四十分後、あたしは焼き肉越しにユリ子の尋問を受けていた。

「変だと思ってたのよ。タイからもどっても連絡ないし。まさか、ずっとパソコンと格闘していたなんて」

「うん、しばらくぶり。街に出るの」

「呼んでくれたら、チャチャッとやってあげたのに」

「ごめん」

「何があったの」

「え？」

「タイで。何があった？」

「あのさあ、カフェにパソコン置いてあるんだよ」

「ネットカフェでしょ」

「タイのね、安宿ばっかり集まっている通りに行ったらね、カフェの奥にパソコンがあって、みんなそこから世界に向かって打ってるの。かっこいいじゃない」

「あんた、またスナフキンに惚《ほ》れたの」

「何よ、それ」

「バックパッカーに出会ったんでしょ」

「う、う……？」

ユリ子は、母親のようなため息をついた。

「まさか、まだひきずっていたわけ、あれを」

「ちがいますっ、あれは、ぜんぜん関係ない！」

あたしにもむかし、彼氏がいた。大学の二年間を一緒に過ごした。旅が好きな人だった。図書館の片すみに陣取って、古文書の文字を追うあたしの横から、彼は低くおさえた声で、外国でやってきたヤンチャを聞かせてくれた。あの図書館の席とハラハラするみやげ話の中に、やっと自分だけの小さな家が持てたような気がしていた。四年生の夏、リュックを背負ってふらりと大陸に行ったきり、彼は帰ってこなかった。歴史の勉強なんてするつもりがなかったのに大学院まですすんで、研究室にのこったのは、放浪の旅からもどるのを待っていたかったからだ。

辺境からのハガキが絶え、彼の家族すら居場所がわからなくなり、大学を除籍になっても、あたしはまだ思い出のキャンパスにとどまっていた。

「わかってる？　アイツとはとっくにおわってるんだよ」

ユリ子が本気で怒りだした頃、教授が新しく設立される博物館の仕事を紹介してくれた。

「ひさしぶりの恋バナがこれ？　なんで、すぐ旅人に惚れるかなあ。スナフキンはねえ、季節が変わったらギター弾きながらどっかに行っちゃうのよ」

そう言って、レバ刺しとユッケを追加した。

高校時代からの友人である彼女は、はるか先を生きている。きっと来世になっても、追いつけないだろう。あたしがたった一回の失恋を持てあましているあいだに、二度ウェディングドレスを着て、二枚の離婚届を区役所に提出した。新宿のオフィスビルで仕事をして、ボーイフレンドが何人かいて、お肉ばかり食べているのにちっとも太らない。

「香菜、言ってたよね。『初恋の人は、ムーミン谷のスナフキンなの』って」

「そんなの、学生の時の話じゃない」

「でも好きになる相手、いつもスナフキン系だよ。高校の修学旅行でも、添乗員のお兄さんに熱をあげていた」

「う」

「何人目？」

「六人目、かな。初代も入れて」

なんてスッカスカな恋愛年表！　あきれ声で言うと、ユリ子は生の内臓をとり分けた。

「食べなさい」

「ムリ」

「ナマの方がおいしいって。貧血にも良いよ。食べてごらん、プリンみたいでチュルッと入っちゃうから」

あたしは、そのどす黒いプリンを見つめた。

「精力つけなきゃ。赤血球が増えたら幸運も増えるかも」

「ホント?」

「これからメールするんでしょ」


「ただ、メールするだけよ」

「ただ、メールするために、あんたがパソコンに手を出しますかね」

焼肉屋の下のケンタッキーに移動した。カーネルおじさんは、ペコちゃんとおそろいのコスプレから解放されて、ほっとしたように笑っていた。

「うん、がんばったの。こっちから、会ってくださいって言ったんだよ。逆ナンパしちゃったの」

「よしよし、ただ待っているよりは、ずっと前向きだ」

「ありがと」

「あんた、よく空港に行っていたよね。帰ってこないあいつを待ってさ」

チキンフィレバーガーをやっつけてしまうと、グロスをなおしてにっこりと言った。

「およそ、五分の一世紀ぶりの恋になるか」

胸がバクバクする。およそ五分の一世紀ぶりのバクバクだ。


ITAI・SOUさま。

もう日本には帰られましたか?

わたしは、タイの水上マーケットでたすけていただいた者です。

あちらでは、大変お世話になりました。おかげさまで、とてもいい思い出ができました。

本当にありがとうございます。

澤村香菜

はあ〜。う〜ん。

三日間、このみじかい文章をながめていた。

これでいい?　いいのかな?

送るぞ。これで、本当に彼とつながってしまうのだ。

つなぐぞ。つながっちゃえ。
送信。

こんにちは！
そちらも人生初の一人旅から無事に帰られたようですね。
メール、ありがとうございます。

タイのイタイこと、板井送

来た！
ホントに来た。パソコンって、すごい！
板井送《そう》。漢字で見ると、生々しい感じがする。実在する、ナマの男性。
人生には、こんな日々もあるのか。パソコンなしには、はじまらぬ生活。時間になると
すぐに帰宅して、パソコンに直行する。

こんばんは。
今日は仕事が片づかず、会社に泊まりこんでしまいました（今、ちょっとサボって、こっそ

り打ってます）。タイでずいぶん遊んでしまったので、その分、忙しい毎日です。でも、今週は休みをとるぞ！

澤村さんは、お休みの日には何をしていますか？

残業のデスクにて　板井 送

お仕事、大変ですね。

無理をしないでくださいね。

わたしは博物館の定休日と、たまに土日がお休みです。

たいてい公園でボーっとしているか、近所の猫ちゃんと遊んでいます。

澤村香菜

二日おきくらいにメールが入り、こちらもそれくらいの間隔で返した。本当は、もっとメールを送ってみたいけど、ダブルドリブルは反則だもの。

澤村さんはバンコクでジム・トンプソン・ハウスには行きましたか？　あそこで思ったんです。

タイシルクの事業で大成功しながら、なぜジム・トンプソンは、突如すがたを消したのか。誘拐、暗殺、遭難、いろいろな説がありますけど、僕はリセット説です。彼は、みんなきれいに捨てたくなったんじゃないかな。そして旅立った。

ふうむ。みんなきれいに捨てたくなった――。なんだかわびしいな。

捨てるのではなく、さがしにでかけたというのはどうでしょう。ジムさんは、どこかにせまくてあったかい巣を確保したのかもしれません。

なるほど！　巣ですか。旅立ちじゃなく、帰還。

実を言いますと、旅に出る時、ひょっとして僕はもう日本にはもどらないんじゃないかって気がするんです。それってゾクゾクして、しびれるような快感なんですが、同時に恐怖でもあります。勝手ですよね。フラフラ遊びに行くくせに、こわいんです。

いやー、澤村さんに、こんなことを告白してしまった。

どうすればいいんだ？　「告白してしまった」って、言われても。

この人は、あたしとおなじようにじっくりと文面を吟味してから送っているのだろうか。メールだと、こんなフレーズがこぼれてしまうのか。これは案外、こわいぞ。メールは古文書よりもずっと危険だ。

ジム・トンプソン！

駅前ＤＶＤショップの、アジア映画フェア。そのポスターの前で足が止まった。『王様と私』の衣装は、ジム・トンプソンのタイシルクで作られた。シャム王室の勇敢な家庭教師、アンナ先生のドレスも。映画には水上タクシーもネットカフェも登場しないけど、タイというだけでいとおしい。『王様と私』、買って行こう。ついでに、アジアの空気を感じられそうな作品を選んだ。

「ありざあーす」

レジの前に立った時、スパイスの風が通り過ぎた。「ありがとうございます」もきちんと言えない、金髪に鼻ピアスをぶらさげた店員は、かったるそうに二枚の中古ＤＶＤを袋の中に投げ入れた。その雑な手つきとは対照的な、はなやかで品のある香りは、まちがいなく彼の指から発せられていた。

何だろう、この匂いには親しみがある。

次の日の夕方、スパイスの謎を解く機会に出くわした。ＤＶＤショップから、「ありざあーす」のお兄さんが出るのを見た。バイトおわりの軽い足どりで、駅と反対の方に歩いて行く。自然と足が動きだした。ちょっと、ついて行ってみよう。他人のあとではなく、スパイスのあとをつけるのだ。

商店街を抜けると高層の建物が目につく。農地だった一画がマンションに変わって、むかしながらの住宅と畑をミニチュアのように見せている。

角を曲がる前からわかった。この先にカレーの店がある。彼から嗅《か》ぎとった、あの風が来る。その頃には、昨日感じた親しみのわけも判明していた。これはコリアンダーだ。香辛料に使うパクチーの種。

マンションにはさまれた路地の奥に、小さな木の看板があった。ライトで照らした文字は〈カレー屋　コタニ〉。

ログハウス風の扉につけられているのは、お城の櫓《やぐら》門にあるようなごつい鉄の把手《とって》。城主、なかなか、こだわりが強そうだ。カバンを肩にかけなおし、両手で把手をつかんだ。いざッ！

「いらっしゃいませ」

看板とよく似た素朴な店長さんがむかえてくれた。

スパイスでむせかえるようだろうと思っていた店内は、新鮮なサラダの匂いがした。カウンターだけの店にはイスが七つ。奥の席に金髪が見えた。せわしなく動くスプーンがお皿をカンカン鳴らし、琥珀《こはく》色に和えられた米が口の中へ消えてゆく。

腰をかけると、すぐにカレーが来た。メニューはこの一品だけらしい。『トッピング玉子　フライドオニオン　パクチー』という厚紙がカウンターに貼ってあるだけだ。

料理は一目で気に入った。具のない、平らなカレーの面《おもて》のつややかなこと。すくってみれば、スプーンの上に繊維のかけらものこらない。サラッとしているのに、ていねいに摺《す》った高級な墨のようだ。サラッとしているのに、米のすきまに流れ落ちない濃度を保っている。受け止める白米も、粒がしっかりと立っている。にぎったら、いいおむすびになりそうだ。

カレーだけをそっと流し入れてみる。舌に広がった濃厚なだしが、するんとのどへ落ちてしまうと、火のような刺激がかけもどってくる。ピリリとくすぐられる、くちびるの両脇。つづけていきたくなるのをこらえて、ライスも一口。あまい！　これは、お米の旨味を味わうためのカレーなのではないか。

「コタさん、おかわり」

お兄さんが二皿目を注文した。

「よろしかったら、こちらのピクルスもどうぞ」

コタさんと呼ばれた店長が、厚紙の横に置かれた広口瓶《ひろくちびん》をさした。カラメル色の玉ネギのピクルスが詰まっている。サラダの香りの正体はこれだ。

ざく切り玉ネギを、トングでたっぷりと皿に盛る。ピクルスが参戦すると、料理はまたがらりと変わった。シャキシャキとした食感と酸味は、カレーを極上のドレッシングにしてしまう。ふしぎ。はじめて食べるカレーだ。

あたしが三口を味わっているあいだに、奥のお客は二皿目をたいらげていた。カシャンとお皿をかさねた彼は、それを持ってカウンターの中に入りエプロンをつけて食器洗いをはじめた。

「常連客が押しかけ弟子になっちゃいましてね」

店長さんが笑った。

「バイト料もいらないから、ここで働かせてくれって」

目じりのしわがやさしい。すっぽりと頭をくるんだバンダナ。もみあげに混ざった数本の白髪が、カレー作りに没頭した時間を物語っている。

「コタさん、玉ネギ切りますか?」

「はい、よろしく」

おそろいのバンダナを締めたお兄さんは、こうして見るとなかなかの男前だ。現代っ子にしては長すぎる顔は、江戸幕府最後の将軍、徳川慶喜《とくがわよしのぶ》を思わせる。店長さんが寸胴鍋《ずんどうなべ》を開けると、すぐに来て、となりでのぞきこむ。

「家業を継いだ方がいいよ。カレー屋なんかより」

「いや、いいっす」

「カレー屋、もうからないよ」

「大丈夫っす」

二人の会話もおかずにして、お腹を満たした。ふと、奥の壁に目が止まった。『追いパクできます』の貼り紙のとなりに小さな額縁がかかっていた。

中には記事の切り抜き。紙面の半分を占める三角形は、新田義貞《にったよしさだ》の花押《かおう》だ。まちがいなく、以前、あたしが書いた「市民だより」の記事だった。地域にゆかりのある武将として、鎌倉幕府を滅亡にみちびいた新田義貞を紹介した。『花押は、義貞の通称〈小太郎〉の三文字を組んだものである。菅笠《すげがさ》のようなシャープなデザインは、粋で美しい』と、説明文をそえた。

お尻を半分浮かせているカウンターの女に、店長さんが気づいた。

「お客さん、歴史、好きなんですか？」

「いえ、あの、わたしが書いたんです。この記事」

「へえ！　あなた、澤村さん？」

名前までおぼえてもらっていて、何だか気恥ずかしくなった。

「博物館の方ですよね」

「はい、このコーナーを担当しています」

「僕の名前なんです、小太郎。記事を読んでうれしくなっちゃってね」

「まあ、そうでしたか」

「感激だなあ。これを書いた人が店に来てくれるなんて」

小谷小太郎さんは、たれ目をさらにさげて笑った。

「澤村さん」

お会計をすませると扉の前で呼び止められた。

「これ、持って行って。お会いできた記念に。こんなものしかなくて」

さしだしてくれたのは、紙ナプキンでくるんだパクチーの花束だった。

ガラスのコップにパクチーをさしてみる。観賞用なら、可憐な草だ。臭いも大丈夫。芝生から風が吹いてくると思えばいい。キッチンの出窓に置くと、冷蔵庫の上に置きっぱなしの、バニラのゴーフルが目に入った。

あるアイデアが浮かんだ。

ゴーフルは、小麦粉と砂糖と油でできている。クレープの生地とほぼおなじだ。玉子は冷蔵庫にある。そして、今、パクチーまでそろった――。


澤村さん、お元気ですか？

どうしても気になっていて、お聞きしたいことがあるのです。女性にこんなことを聞くのも、失礼なんですけど。


ん、なんだ？


タイで最後に食べた玉子クレープなんですが、あのあと、お腹は大丈夫でしたか？

僕はあれにやられちゃいまして。もし、澤村さんもそうでしたら、本当に申しわけありません。調子に乗って、本当にヤバいものを食べさせてしまって。

僕は、自分ではタイの屋台は通になった気になっていたのですが、あのバターがよくなかったんだと思います。

なあんだ、そんなこと。

はい、帰ってからちょっとだけ、大変でした。でも、とってもおいしかったです。どうぞ、気にしないでくださいね。

実は、あの玉子クレープがもう一回食べたくなって、自宅で再現してみました。

大きめの丸皿を用意。ゴーフルをのせ、中央に玉子を落とす。黄身が流れない程度の小さな穴を開け、慎重に電子レンジへ。白い膜がうっすら張ったらふわりとラップをかけて、もう一度、チン。半熟になった玉子の上にパクチーの葉を散らし、パタンと半月にして、また半分に折ってできあがり。

香ばしい湯気が立っている。とけたクリームがしみた生地はフニャリと玉子をつつみ、まわりはサクサクのままだ。指がベタつくことなど気にせず、真ん中からガブリといく。バニラとトロトロ玉子が混ざり合って、噛むごとに口の中でカスタードクリームが作られてゆくみたいだ。しかし、これはただのスイーツではないぞと、奥からあいつがあらわれる。

だああ、来た！　フナの大群。パクチーの爆弾によろけた。涙がにじむ。バンコクの夜風のように熱く吹きすさぶ、草色の嵐。

キッチンの床の上で目を閉じる。時がもどった。あたしは、あのT字路の灯りの下に立っていた。

あれを作っちゃうとは！　よかった、楽しんでいただけたんですね。おわびと言ってはナンですが、うまいタイ料理を食べませんか？　僕がおごります。

お。おお？　これは、お食事の誘いよね。

すごい！　会うぞ！　ついに、彼とこの国で再会するのだ！

ひそかにのぞんでいたことなのに、展開にうろたえた。そして鏡をのぞきこんだ。

4　青いパパイヤサラダの香り

あたしは、ほぼ男子校に通っていた。大学付属の男子高校が、おなじ敷地内に別学で女子生徒も受け入れることになり、その第一期生だった。百人ほどの女の子。クリーム色のセーラー服を着て、千人のガサついた連中にかこまれた学校生活だった。

女子校舎から売店に行く時は、中庭を通った。両端が男子校舎だったので、昼休みのベランダには、いつも男の子達が「く」の字になってぶらさがり、女子生徒を目利《めき》きしていた。そのベランダ小僧のあたしへの評価は、いつも「わかんねえ」だった。「かわいいじゃん」でも、「ダメだな」でもなく、三年間ずっと「わかんねえ」。

そんな顔を、あたしはしているらしい。あの「わかんねえ」の時代から変わらないねと、ユリ子は言う。


いや、だいぶ傷んでいる。

博物館のトイレの鏡で見ると、いっそう傷みがひどい。気にかけなくなっていた。十年以上も地下室にいて、男といえばデリカシーのない上司とオタクだもの。肌も、髪も、くたっとしている。男性と数時間会える顔ではない。

修復しなきゃ。連日、駅前のドラッグストアをのぞく。知らなかった。この世には、こんなにいっぱい薬があったのか。歯グキをピンクにするクリーム。くちびるをプルンとさせるクリーム。小顔グッズ。美乳グッズ。

女の子達がメラメラした目で選んでいる気持ちも、今ならわかる。お金をはらって変身が可能なら、少しも惜しくない。特売品よりも、品質のいいものを買おう。シャンプーを詰め替え用パックのまま使うのもやめた。

生活の、小さなことが整頓されていく。ちょっぴり血色が良くなった気がする。髪の先をいじりながら、いつまでも鏡を見ていたい。だれかに「あれ、ちょっと変わった？」って言われたい。

週末、ふらりと実家に寄ってしまった。

「めずらしいじゃない、何かあったの？」

「別に」

ソワソワして食卓についた。三人の食事がはじまる。カレーライスにホウレン草のおひたしが追加された。

「おひたしも食べなさいね。貧血なんだから」

あら、顔色いいわねえ。そう言ってもらえるかなと期待していた。お父さんはリモコンを手にテレビの方を向きっぱなしだ。キレイになったと感じているのは、自分だけか。まるで、親に秘密をかくしている中学生の気分。

食事がおわり、顔色の話題が出ないまま玄関に向かった。

「帰るのか」

お父さんが、リビングから顔を半分だけ出して見送っていた。お母さんはサンダルをひっかけて、門の外まで来てくれた。

「気をつけてね」

「ん。最近ね、体に気を使っているんだ。ちょっと調子いいんだから」

とうとう自分から言ってしまった。

「あらそう、感心ね」

答えはあっさりしていた。それでも、次の日から留守番電話にメッセージが入るようになった。

「お母さんです。あのねえ、玉ネギって、血液にすごくいいらしいのよ。できれば生がいいんですって。じゃ、またね」

お母さんはテレビの健康番組がはじまると、正座をしてノートをとる。ページが増えていくだけで、丈夫になった気になるらしい。おかげでこちらにも健康ノートができて、ウロつく場所がドラッグストアからスーパーマーケットに変わった。食卓にはバランスの良い献立がならんだ。

小太郎店長にいただいた花束パクチーも、のこらず食材になった。

パクチーとサバ缶のパスタ

パクチー入り鶏つくね

火の入れ方で香りが変わる。油との相性がいいし、お酢や醤油とも上手にからんでくれる。

もう香草爆弾に吹きとばされることはない。ほろ苦さの中に、かすかな甘味を感じられる。さわやかですらある。独特の清涼感は、古墨に似ていた。竜脳《りゅうのう》の匂いだ、墨の香りづけに用いられる。竜脳の樹も、東南アジアの生まれだ。

パクチーは、あの夜にもどる魔法のリーフで、あたしを明日へとすすめてくれる薬草になった。

小太郎さんの店にも足を運んだ。店長さんのはにかんだ笑顔とカレーで、身体をあっためる。〈コタニ〉は、脱サラして独学でスパイスの勉強をした店長さんが、一人ではじめたそうだ。時々、お会計のあとで、こっそりとあの花束をくれた。

朝ご飯をしっかりと食べる。一日三十品目を目標にして、お弁当も手作り。ジャムパン賢ちゃんの百倍は噛んで、栄養をとりこむ。夜は、ポトフを煮るくらいゆっくりとお湯につかり、早めに布団に入る。

バス通勤はやめて、自転車で通うことにした。交通渋滞もランドセル渋滞もない。小学生の視界三度の車線変更に悩まされることもなく博物館の門をくぐり、ガクさんにひらりと手を振ってエントランスをかけ抜ける。

地下よりも二階の喫茶室前のトイレの方が、光が入ってきれいに見える。お、頬がピンク！　天然ブドウジュースみたいな超濃厚な血液が元気にはねまわっている。体調がだいぶ整い、建築家スナフキンとの再会の準備も整った。

僕はタートルネックの黒いセーターを着ています。見つける目印にしてください。

本当は、わかりやすいようにタイの編み笠でと思ったのですが、あれはすっかり使いつぶしてしまい、現地に置いてきてしまいました。

黒いセーターですね。了解しました。わたしは、目の前に、ここ十年通勤用にしている茶色のダッフルコートがかかっている。

わたしは、白いハーフコートで行きます。


送信。

次の日から、デパート通いがはじまった。清楚で、クールすぎない、大人の女の白を求めて。

この時期のデパートには、高級チョコレートの香りがただよっている。「聖爆恋多愛院」。戒名をつけるなら、こんな感じだ。聖バレンタイン。異国の聖人の命日に起こる、恋する女人の祭り。この祭りに今年は参加している。

お金を使うのが楽しい。

奥歯の銀の詰めものは、いそいで白いセラミックに変えてもらった。おかっぱ髪は明るめのブラウンにカラーリングされ、ゆるくカールもかけた。何年も減らなかったファンデーションとリップも新製品を買い、ＯＬさんのためのメイクブックも買った。メイクのやり方なんて、これまでいらない情報だった。

三代目の神社は小梅が満開になっていた。境内を占領していた雪はほどけて、ほんわかした紅い香りで満ちていた。梅の花は春の花火だ。金色の冠をつけたおしべがぐんと広がって、大声で笑っているようだ。

季節が大急ぎで走りはじめ、春の花火が胸の中でもはじけていた。

――ねえ、ガクさん。あたし、恋しちゃいそうです。いいかな。いいですよね？


しばらくぶりに、ユリ子から電話があった。

「今週だよね。決戦の土曜日」

「近づいてきたよ」

「健闘を祈る。待ち合わせの場所や時間、まちがえないでね」

「大丈夫、確認済みだもん」

「え、下見してきたの？」

「うん」

「あんたって、急に全力を出すのね」

戦《いくさ》だ。

神保町の岩波ホールの看板下に、すっと立った。広い十字路の八方から八方へ、通行人の運命が動いてゆく。その中から、今、ここに向かってくる運命がある。

「こんにちは」

横から声をかけられた。大学生みたいな、でも見おぼえのある身長の人が立っていた。

「あら、どうも」

ヒゲがない。クシャクシャだった髪の毛もさっぱりと刈りあげられていた。タイでは野暮ったく見えた黒ぶち眼鏡が、都会的で垢《あか》ぬけた印象にしている。

この人、若い。

「おひさしぶりです。僕、わかります？」

「あ、こんにちは、その節はどうも」

黒いセーターにGパン。足が大きく、腕と胴がヒョロっと長い。

「お元気そうで」

「澤村さんも」

返事までに三日もあるメールとはちがい、ライブの会話のたどたどしさにとまどいながら、あたしと板井送さんは看板下をはなれた。

タイ料理屋は、ホールのすぐ裏手にあった。

「ここね、辺境専門の旅行会社が経営している店なんですけど、本業よりもこっちの方が、もうかっているらしい」

「くわしいんですね」

「会社が近いので」

店のすみの象の絵の前にすわった。分厚い木製テーブルの上で深紅の花がうねっている。

「タイよりも、タイっぽいでしょ」

と、彼は笑った。あのヒゲもじゃキリストさまの眼だった。

サラダが来た。あざやかなブルーのお皿に、すずしげな千切り野菜がのっている。

「ソムタムです。何だかわかります?」

「瓜《うり》、かな」

「パパイヤですよ」

青いパパイヤのサラダ! 『王様と私』と一緒に手に入れたベトナム映画で見たやつだ。

庭のパパイヤの木から、まだ青い実をもいで、包丁でシャカシャカ削っていた。

「いただきます!」

若いパパイヤは、立派な野菜だった。キュウリよりも野性的で、大根よりも繊細だ。パリッと歯でつぶすと、細切りの果肉の中から甘酸っぱい味つけが流れてくる。舌先がピリッとしびれる。

うん、うん、これがベトナム映画の味か。

「ソムタムをこんなに真顔で味わっている人を、はじめて見た」

という声に目をあげると、テーブルの向かいの人は手を止めてあたしを見ていた。つい、未知の味に夢中になってしまっていた。

「感動してます？」

「はい、とっても」

パクチーの葉をつまんでみせた。

「本当は苦手だったんです。タイの玉子クレープのおかげで、仲良しになれました」

「嫌いなものがあると、克服するよろこびが味わえるというわけですね」

ささやかな自慢にも、彼はうなずいてくれた。

「こうしていると、とても、一人であの水上マーケットまで行った人には見えないな」

行ったけど帰れなかった人ですけどね。

「澤村さん、色白ですね」

口の中のトウガラシがさらに熱くなった気がして、頬を押さえた。

「はあ、どうも。職場が地下なので、モグラみたいです」

「博物館でしたよね」

「歴史資料の整理をしています。地味な仕事なんです。ふだんはポケッと暮らしていますが、たまに、ムチャなことをやりたくなっちゃう」

「ああ、バンコクでも言ってましたね。どちらも、澤村さんなんでしょうね」

辛酸っぱいサラダのせいではなく、あたしはきっと、眉をしかめた変な顔になっていたと思う。そんなふうに言ってもらえると、こそばゆくて、うれしくて、こまってしまう。

「僕もそうですよ。仕事をしていると、いきなりどこかに行きたくなる。もう我慢ができなくて、その夜のうちに日本を脱出して、しばらく帰ってこない。友達や先輩とはじめた会社だし、仲間が本当によく理解してくれているから、許されています」

この人は、さすらう男と知的な仕事人の顔を、とてもうまく融合させているのだわ。

「パソコンくんの面倒ばっかり見ていますから。頭は自由に世界をとびまわっているのに、体が置き去りになっている気がして」

「お仕事の現場に行かれることは」

「現場ですか。うちの会社は、先方さんまで出向くことは多くないし、僕はもっぱらデスクにいます」

「じゃあ、デザインの方をされている？」

「そうですね、デザインやプログラミングもやりますよ」

横文字が多い。今風のおしゃれな会社なのだろう。

「そのうち、どこかアジアの国にもオフィスが置けたらいいな、なんて話もありますけど」

「ああ、バンコクもすごい建設ラッシュでしたものね。まだまだ発展する感じ。タイにも、お仕事を兼ねて？」

「いえ、僕は趣味でフラフラしているだけです。仕事もちょっとするかな、ネットが使えるし」

「あのう、板井さんの会社名の『ＰＣ　ＦＯＲＴ』ですけど、『ＰＣ』って、どういう意味なんですか？」

彼はクイッとまぶたをあげて、こちらを見つめたあと、こぶしを口にあてて笑いだした。

「おもしろい、いえ、かわいい人ですねえ、澤村さん」

それからしばらくのあいだ、「そっかあ」と言いながら、メニューで顔をおおってくすくす笑っていた。

タイの路面みたいに胃袋が熱くなったあたし達は、ランチのあと、なんとなく古書店街を歩いた。洞窟のようなほの暗い口を開けてならんでいる、古本屋の一軒にふらりと入った。

史料庫に似た、風や光のない世界の匂いがした。まるで年代物のワインのように、整然と背表紙が天井まで積まれている。こうしているうちに、本の中身まで深い熟成がすすんでいるのではないかという気がしてくる。

「僕、こういうのをただながめているの、好きなんですよね」

本に語りかけるみたいに、板井さんがつぶやいた。せまい通路に二人立って、本の壁を見つめる。

「澤村さんは、こんなところにいるのでしょう」

「そうですね。古い書物にかこまれています」

「時が止まった感じですか？」

「生きているんですよ、古文書は。あの子達の最初の役目はすんでしまっても、止まりながら変わりつづけている」

「へえ、ふしぎな考え方ですね」

ひょっと、長い腕が動いた。棚にのびただけなのに、心臓で小さな火花が散った。コートの奥で、胸の鼓動が荒れだしたのを気づかれまいとして息を止めた。

彼は高い棚にある本を抜きとり、表紙だけを見てもどした。『高麗史《こうらいし》』と書かれた象牙色の本は、長い時間を過ごしていた四角い空間に、またピッタリと収まった。

「シュート」

背表紙を押しこみながら本棚にささやくのが、あたしだけに聞こえた。

「いいなあ、背が高いとそんなところまで手が届くんですね」

「そうですか。僕は、図書館や書店で踏み台を使う人を見ると、楽しそうでいいなって思いますけど」

「あれは危険な乗り物ですよ。わたしは何度も落っこちてます」

「そうか。気をつけよう」

「板井さん、スポーツをやっていらした？」

「ハンドボールを。親父が好きでね。僕の名前は、ハンドの和名の〈送球《そうきゅう》〉からつけたんです」

「そうなんですか」

「弟は球《きゅう》です」

「思い入れがありますね」

「本人は嫌みたいだ、クラスメートにからかわれるので。名字が板井でしょ。イタイ球《きゅう》って、デッドボールみてえだなって」

「ああ」

「まだガキなんです」

　ぷうん、と香草を感じた。おたがいの身からただよっている。あたし達は、イタズラっ子みたいな目線をピュッと交わして店を出た。近くの公園の階段をおりたところで、

「僕ら、悪いことしているわけじゃないんですけどね」

照れたように笑いだした。

「はい」

「あの空間でアジア飯屋の匂いは迷惑になるかな」

「そうですね」

あたしは恥ずかしかったのだ。二人で食事しましたって証拠をふりまいて歩くのが。

口なおしにと言って、彼はミルクティーの缶を買ってきた。春の午後には熱々すぎる缶を持って、ひからびた木のベンチに腰をおろした。ベンチはぬくもりがあって、あの夕日の秘密基地を思いいださせた。

「あのう、タバコ吸ってもかまわないですよ」

「いや、大丈夫です。持ってきてないので」

「どうして」

「今日は澤村さんのための日ですから」

さらりと言って、ミルクティーを開けた。

バチン。本日、何度目かの銃弾直撃を受けて、ベンチからくずれ落ちそうになった。胸のまわりがバキバキする。なぜこの人は、こんなに簡単にあたしの寿命をうばってゆくの

るんです」

だろう。

「パキスタンの西の方にね、アフガニスタンの国境近くに、ガンダーラっていう場所があるんです」

「仏教美術が花開いた地ですね」

「そうそう。緑がゆたかなところでね。牛がたくさんいて、子ども達がかわいかったな。裸足でキャアキャアはねながら、車のうしろを追いかけてくる。ペシャワールから、ものすごい山道をバスで越える途中、屋台のお茶屋さんで休憩したんです。カップなんか縁がまんべんなく欠けてて、陶器の色も変わっちゃってるけど、そこで飲んだミルクティーがおいしかった。とろっとろに濃厚で、香りが強くて」

板井送さんの声は、低いのに生き生きとして、夢にあふれた子どもが話しているようだった。

「ハンモックみたいなイスが置いてあったけど、これもボロボロで吹き流しみたいになってるから、お尻の置きようがなくて、立って飲んだんです。崖っぷちで風に吹かれてね。ヨモギみたいな草がいっぱい生えていました。その草の上で飲んだミルクティーが、この世でいちばんうまいと感じた飲み物です」

あたしは紅茶缶をにぎりしめながら、西パキスタンのヨモギの風の吹く崖っぷちで飲む、極上のミルクティーを想像した。そして、うす汚れたリュックを背負ったヒゲ面の男が、ほくほくしながらそれを立ち飲みしているすがたを思い浮かべた。

「それからすっかり紅茶党になってしまって、カフェに入っても、チャイやロイヤルミルクティーを注文します」

「板井さん、すごいところに行っているのね」

「移動は苦労しました。二年前でも、まだあんなに緊張感あるんだな。夏休みでしたが、アフガニスタンには絶対入らないように、学生課から何度も釘を刺されました」

え？　え？

ちょっと、ちょっと、待って。

「あの、あのう、あなたって、いくつなの？」

「僕、二十四ですよ」

「へ？」

二十四歳？

頭がクラクラした。「へ」の口のまま、身体中で何かがプチプチと切れてゆくのを感じた。

この人、まだ二十四歳だった。

犯罪者だ、あたしは。

5　墓とお月さま

ケコン、と音を立てて柄杓《ひしゃく》が墓石を叩いた。いつのまにか、桶の水は底をついている。

「あ、ごめんなさい」

あやまりながら石の頭をさすった。墓石はすっかりぬれて、コンニャクみたいな色になっている。

お祖父ちゃんのお墓に来ていた。亡くなったのは四つの時だから、顔はぼんやりとしかおぼえていない。その古いコピー紙のような記憶が心地良いのは、お祖父ちゃんが幸せな時代の自分のことしか知らないからだ。

「純ちゃんも、大きくなったら普通になる」と信じていた頃のわが家はのどかだった。あたしはよくしゃべる、お調子者の活発な子だった。お祖父ちゃんは、あぐらの中にあたしをつかまえては、「よしよし、お前はおもしろい女の子になるぞ」と笑っていた。一緒に見ていたテレビの時代劇が楽しくて、歴史が好きになった。兄にいじめられ、いじけてゆく顔を見ていない。だから今でも、お祖父ちゃんの前では素直になれた。

人に相談することが下手くそだったあたしは、いつしか、悩みがあるとお墓参りをするくせがついていた。砂利の上にしゃがみこんでつぶやいていると、そのうちに、こうするのがいいだろうという答えがもらえる。

放浪おじさんだと思っていた人は、まだ二十歳《はたち》を四年過ぎたばかりの男の子だった。衝撃の日から一週間。毎日、お墓の前でこうしている。

「ねえ、じいちゃん、どうしよう」

何十回目かのため息をつくと、また水をくみに行く。

今回は、まったく答えが来ない。とんでもないことをしてしまった。十六歳も年下の若者をナンパしてしまった。しかも、好きになってしまった。「知らぬ間に出会い、知った時には、もう遅い」。頭の中をジュリエットのセリフが、お盆の灯籠のごとく波打ってまわっていた。

どうしよう。

言わなきゃ、本当のことを。

「わたし、四十歳なんです。ごめんなさい、さよなら！」

だめだ、こんなこと言えない。きっと、あきれ返って傷つくだろう。

両頬を手ではさむと、必死で修復した肌がしっとりと吸いつく。彼の方は、あたしのことをどう思って食事に誘ってくれたのかしら。今になって聞けない。

このままおわりにしようか。メールも減らして、距離をとってゆく。それでいいのか？　自分の気持ちも、きっと、あいまいなままひきずってしまう。ズルズルは、もう嫌だ。

バカだった。帰りの道をたしかめずに、バスに乗ってはいけなかったのだ。四十。自分が気楽に恋をできる歳ではないことを、自覚していなかった。また、気づくのが十年遅かった。

これからは、もっと分別のある女になろう。暴走なんか二度としない。彼のことはあきらめて、日常をとりもどそうと、一時間ごとにつぶやく。なのに――。

シルバーの自転車、黒いセーター、自動販売機の紅茶。そんなものを目にしただけでキュンとなる。古書の森で、ふとぶつかった視線。ソムタムを噛みしめながら、耳の奥が熱くなったあの瞬間。「じゃあ、僕も一緒に乗ろうかな」。やさしく響く低い声。竹笠とヒゲのすきまにのぞいていた少年みたいな目。

お墓参りの足で駅前の書店に寄り、占いの本をさがす。うまくいく予言だけを求めて、ページをめくる。日本中の女の子がおなじ文を読んでいるのにと、こころのどこかで笑いながら。

書店の帰りは、三代目の庭になっている神社で祈った。社殿の上に、ガス燈みたいな月が灯っていた。あたしは月にも祈った。

お月さま。どうか、たすけてください。

家に帰って、習慣になっていたぬるめの烏龍茶を作る。電子レンジの数字みたいに、一つ一つ歳が減ってゆけばいいのに。

用意したチョコレートもハンドバッグから出せないままだった。

おわってしまう。一か所も、一秒も触れることなく、お別れになるのだ。

板井さんに会いたい。この前会ったのに、また会いたくて、たまらない。だけどきっと、あと一瞬目が合ったら、みんな悟られてしまいそうだ。彼に恋していること。何かをおそれていることも。

こんばんは。

昨日は、ありがとうございました。僕はとても楽しかったです。いまだにウキウキした気持ちがつづいています。東京の真ん中で食べるタイ料理はどうでしたか?

うまいパキスタン料理屋を見つけたら、教えますね。行きましょう!

行きつけのカフェにて　板井 送

彼からは翌日にメールがあった。パキスタン料理、連れて行ってくださいと返信ができないまま、曜日が過ぎる。時間よ、流れないでと思い、一方で、早いこと未来にならないかと願う。毎日、メールを読み、キーを押すこともなくパソコンを閉じる。

あたしは何度も彼に出会って、何度も失いつづけているみたいだ。

このまま、会うことなんてできない。

四十歳なんて、言えない。

四十歳なのに、「好きです」なんて、言えない。

困惑した顔で目をそむける様子が浮かぶ。「すいません、ちょっと」という声を想像して、身体の芯から炎上するような痛みをおぼえる。

失恋って、こんなにキツいものだった？　大学時代の彼氏を忘れる時、どんなにつらかったのか思いだせない。

なんにも手につかない。そんなあたしをどなりつけるように、電話が鳴った。ユリ子からだった。

「どうだったの？　六代目スナフキンと会ったんでしょ」

「うん、あの、おわった、もう」

口にすると、さらにしんどくなった。

「あのね、あの人ね、まだ二十四歳だったの。すごく若い子だったの」

「へえ。それで、あんたは？」

「あたし？」

「だから、あんたの気持ちはどうなのよ。好きなの？」

「ん、うん」

「だったら、そう伝えればいいじゃん」

「無理だよ。あたしの歳、言わなきゃ」

「なんで言えないの」

「迷惑かける。四十の女が、そんなみっともない真似しちゃいけないよ」

「バカじゃないの」

え？

「あのさ、自分ばっかりいい子でいないでよ」

ユリ子の声が冷たくなってゆく。

「香菜のそういうところ、ほんと、嫌いなんだよね」

言葉が出なかった。

「恥かけばいいじゃない、迷惑かけるのが恋愛でしょ。そうやって一人でいい子ぶってるから、なんにもできないのよ」

ムカツクっという声が聞こえて、電話は切れた。

受話器を持ったまま、あたしはぺたんとすわりこんだ。なんでこんなこと、言われたの？

その時間に耐え切れなくなって、ハルちゃんにメールを打った。キーボードを触りたかった。ユリ子にも彼にも打てないから、代わりだった。


遅い時間にごめんね。たいした用事ではないです。なんとなくです。

いつもおいしいコーヒーをありがとうね。ハルちゃんのコーヒー、大好きです。


すぐに返信があった。

サワムラさーん、めずらしいですね。なんかありましたか？
じつは、ハルもメールしようかなと思っていたところです。ハルのコーヒーをほめてもらえてカンゲキです。お湯のそそぎ方とか、カップとか、いろいろ研究してるんです。（エヘヘ）
でも、もうすぐ、いれてあげられなくなるんですよ。博物館なんですけど、三月でやめるこ

とにしました。なんと！　赤ちゃんができちゃったのデス。とりあえず、パパになる人と一緒に住みます。ほかの人にはヒミツにしてくださいね。サワムラさんがパソコンおぼえてくれたので、安心でーす。

あら、ええ？

カップをかかえたまま二時間ほどたっていた。また落ちこんでいた、二十歳そこそこのハルちゃんがママになるというニュースに。

いつのまにか絨毯《じゅうたん》の上で眠っていた。部屋の明かりもエアコンもつけっぱなしで。しばらくしていなかった、こんな不摂生は。頬っぺたに織り目のあとがついて痛い。のたのたとカップをキッチンにもどし、ベッドにもぐりこむと、夢を見た。子どもの時から何度もうなされてきた、あのしんどい夢。

知らない場所にポツンと立っている。あたりは灰色の町と森。寒々しくて、不安に満ちて、でも、どこかなつかしい。電車に乗りたいのに、駅の前には人がいっぱいいて、近づくこともできない。

どいて！

必死で叫ぶ。どいて、あたしの順番よ。お家に帰りたいの！

やっとのことで切符を買い、高架線の長い階段をかけのぼる。ホームに着くと目の前でドアは閉まり、電車は行ってしまう。置いて行かれたあたしは、うなだれながら待つ。やっと来た列車に乗りこむと、それは反対方向へすすんでゆく。ああ、まただ。まだ帰れない。

おかしなことに、お家へ帰れない夢は、実家を出てから見なくなっていた。以前とちがっていたのは、夢の中で雨が降っていたことだ。雨は稲妻になった。槍《やり》のような雷光が、何十本と森につき刺さる。とび散る火の粉が、運ばれてゆく列車の窓ガラスをゆらしていた。その光は、あの古本屋の通路で胸にはじけた火花に似ていた。ミリッと胸がうずく。心臓のうすい膜を剥がすように。

どこかで、板井さんの気配がただよっている。せつなくて、ぐしゃぐしゃになって、夢は果てる。長く重い旅行で、ぐったりとつかれて一日がはじまる。

夢はしばらくつづいた。火花はだんだん散らなくなって、また灰色の世界にもどってしまった。パソコンと自分の布団から逃げるように、親のもとに行った。

「あなた、具合でも悪いの、また貧血？」

「ううん、そんなんじゃないけどさ」

リビングのすみで座布団をかかえると、ごろんとまるくなった。ストーブにはあたれないし、テレビ画面はななめになってよく見えないけど、ここが子どもの時の指定席だ。あの人がチャンネルを変えているあいだ、テレビの音を聞きながら、ここで本を読んでいた。あれが、あたしなりのひきこもり方だった。自分の部屋に行ってしまったら、本当に家族に存在を忘れられそうで、こわかった。

テーブルの脚のすきまを、お母さんのスカートが行き来している。

「タイのクッション、使いやすいでしょ」

「ええ、そうなの、シルクだから気持ち良くてね」

「どこにあるの」

「ああ、純ちゃんがね、パソコンやる時の背当てにちょうどいいって使っちゃってるから、あげちゃったのよ」

後頭部がバコンと打たれた。数えきれないほど味わってきた痛みだ。「あれ、あたしがお母さんに買った物じゃない、なんであげちゃったの?」という言葉を飲みこんで立ちあがった。

「帰る」

カバンをとり、お母さんが振り向くよりも早く、玄関におりた。夕食の煮物の匂いがした。テーブルの上にはあたしのお茶碗も用意してある。そう知っていて出て行くのも、何度目だろう。

玄関の戸を閉めると涙が噴きだした。そっと敷石を踏み、庭にまわった。納屋の脇に古い切り株がある。わが家のクリスマスツリーだったモミの木の跡だ。

おさない頃、クリスマスになると本物のモミの木が鉢ごと玄関の中にすえられた。これに飾りをつけるのが楽しみだった。台所のすりガラスに電飾が映るのがうれしくて、食事中に何度もうしろを見ていた。

きょうだいが成長するように、モミの木も大きくなり、鉢から庭に植え替えられた。ツリーの役割をおえても、あたしはこっそり折り紙で作った飾りをつけてあげていた。

ある日、いつもの場所はぽっかりとあいていた。ほかの木を押しのけるばかりにしげっていた深緑の枝はなく、真新しい切り株だけがのこっていた。それでも、また枝が生えてくると信じて、切り株に水をやりつづけた。

いつからだろう。ここにすわって泣くようになったのは。

四歳で、人間としての時間がはじまった。苦しみや妬《ねた》みというものをおぼえた。小学校にあがった兄が本格的にお休みっ子になって、お母さんがため息をつくようになった。うつうつとして、どこか投げやりな表情を見るのはかなしかった。

あたしは無邪気を捨てた。「ねえねえ、お母さん」をゴックンするようになった。ため息がすんで、顔を向けてくれるのを待った。いい子にしていたら、きっといつか「はい、香菜ちゃん、なあに？」って来てもらえる。お母さんを独占して、ずっとおしゃべりができる。だけど、そうしていると、ずっとほうって置かれた。「あなたは大丈夫ね」。いつもそう言われた。

順番はまわってこなかった。話したいことは、みんな胸の中にためたままだった。

いい子ぶるな！

〈二階の人〉によく言われた。ツリー飾りは、いつも先にいいのをとってしまって、お星さまやサンタさんには一度も触れなかった。数えきれないくらいツリー飾りをぶつけられた。えびせんもスリッパもとんできた。

学校に行く時、門から「行ってきまあす」と言うと、「うるさい！」と声がして、窓からゴミくずが降った。嫌なことがあっても、学校は休まなかった。元気に「行ってきまあす」を言いつづけた。下の子は、ホイホイよろこんで学校に行っている。そう思ってほしかった。

ひび割れた切り株の上で身体をかかえて泣いた。

『九月姫とウグイス』の本が大好きだった。何度も図書館から借りて、小学校の校庭で読んでいた。ひねくれ者のお姉さん達にいじめられても、やさしいこころを持ちつづけた九月姫は、最後に幸せを勝ちとる。ほら、人生はそういうものだよと、光明をくれた。

どうして――。

いつも、いつまでも、こんななんだろう。こんな子だから、ちゃんとした恋もできないんだ。

夜中になって二週間早い生理がはじまった。今までにない、ひどい出血だった。身体中から、たくわえてきたエネルギーが、希望が、流れてゆく。血が止まらない。いく度となく、パジャマとシーツを茶色に染めた。汚れ物をビニール袋にほうりこみ、ベッドにビニールシートを敷いた。

朝になって資料室に電話をかけ、「貧血で休みます」とハルちゃんに伝えると、その向こうから室長の声がはっきりと聞こえた。

「無駄な生理だな。子どもも産めないくせに」

ナプキンにたまった血のかたまり。今回も使われることなく廃棄される、あたしの一部。ごめんね、と剥がれ落ちた子宮内膜にあやまる。そうだ、無駄な生理だ。

眠い。もう目覚めなくていい。ぜんぶ、止めてしまいたい。

翌日は出勤した。自分をいじめるかのように。室長の机の横には、パターのゴルフクラブが立てかけられていた。

「ここのみなさんは勝手なことをしているんですから、僕もこれくらいはさせてもらいますよ」

せまい室内で銀色の棒がフニャフニャゆれるうちに、視界がおかしくなってきた。目をつむり、ふと開けてみると、ハルちゃんが見えた。天窓の下に立って、じっとながめている。

「何してるの」

ハルちゃんは腕組みをしたまま答えた。

「こういう天窓って、どうやって作るんでしょうね」

「うん、窓？」

「ハルの知り合いの人がお店をやってるんですけど、こんな窓があったら、お日さまが入ってキレイかなって思ってたんです。どこに聞けばいいんだろう。リフォーム関係か、インテリアデザイナーとか、建築士？」

思わず立ちあがった。

「あ、あの、建築関係の会社、知っているかも」

手帳から『ＰＣ　ＦＯＲＴ』の名刺を出した。目を落として、ハルちゃんはちょっと首をかしげた。

「ここ、ですか」

「そうじゃないかな、と思うんだけど」

「ふうん、そうですか。少しだけ借りててもいいですか。ちゃんと返しますから」

名刺を窓から射す光にかざした。

「ここのところ、紙が透けてお月さまみたいですね」

「ああ、油のシミがついちゃってるの」

「澤村さんの大切なものなんですね、これ」

ハルちゃんは、しばらくそれを見つめていた。

アパートのドアの前には風呂敷包みが置かれていた。ヒジキと五目煮の入ったお弁当箱の上に、「身体に気をつけて。戸締りを忘れずにね」というお母さんの手紙があった。

「職員の方ですよね」

次の日、一時間おくれて博物館に着き、エントランスではなく職員用の裏口に向かっていると、呼び止められた。三十歳くらいだろうか。パールのついた白いアンサンブルを着た、上品な感じの女性だった。

「ここの最高責任者って、どなたですか」

ずいぶんきつい口調だ。

「館長にご用ですか」

「館長さんでいいんですか、市立博物館ですけど市長ではなく?」

「はい、委託事業ですので、館長が責任者です」

「そうですか。今日は館長さん、出勤しています? 職員用の駐車場でずっと待っていたんですけど」

彼女は眉をひそめながら、ソワソワとあたりを見ていた。

「大変恐縮ですが、どのようなご用件でしょうか?」

「あなたには関係ありません!」

ぴしゃりとはね返された。

「失礼いたしました。あの、でしたらエントランスホールをまっすぐすすみますと、インフォメーションがございますので、そちらの方に行っていただけますか」

「わかりました、そうします。はじめからそうすればよかったということですよね」

カッカッカッと走り去るヒールの音が聞こえなくなると、どっとつかれを感じた。えらく怒っていた。あまりにも強い感情に触れると、人はエネルギーを吸いとられるんだな。

売店に寄り、チョコレートを買ってから資料室に向かった。

――クシャ。ビニールの音で、部屋の気配がおかしいと気づいた。もうお昼だった。室長とハルちゃんのすがたはなく、タダ賢がジャムパンの袋をにぎって立っていた。その視線の先に、おそろしいものがあった。

天窓に人が張りついていた。

女の人がガラスに両手をつき、長い髪を垂らして、部屋をのぞいている。今日、入り口で声をかけてきた人だ。細くひいた眉と、清楚な白いカーディガンが、かえってすごみを感じさせた。キシキシ鳴っているのは、服についたパールがガラスをこすっている音だ。まるで、美しい毒蜘蛛《どくぐも》だった。

彼女はしばらく、あたしとタダ賢を交互ににらむと、ゆっくりと窓から起きあがり、消えていった。ガラスに、くっきりと手の跡と口紅がのこっていた。

「生きスダマだ」

タダ賢がつぶやき、あたしは腰を抜かして早退した。

生きスダマ。あれは本当に、だれかの生霊だったのかな。でも生霊が館長に面会に来るかしら。そんなことを思いながら自転車をこぐうちに空がまわりはじめて、公園のベンチにへたりこんだ。手足が象になったように重たい。背もたれに首を落としてうつらうつらとしていると、子どもの声がした。

「あのひと、いま、しんでるとこ？」

どうやらあたしのことらしい。人生に深手を負っているけどね、まだ死体じゃないのよ。あどけない声に、ふふ、と口もとがゆるむくらいの力は出てきた。

風のおとなしい日だ。陽を浴びているうちに、こわばった身体もまだらにほぐれてくる。ママ、あそこにニャーニャーいるよ！　そう聞こえて目を開けた。裏の土手に目をやると、猫がいた。がっちりした肩とサビ柄。畳屋の三代目だ。三代目は、尻尾をピンと空につき立てて、風の吹く土手のてっぺんを歩いていた。

川岸に生えたネコヤナギが、かすかに黄色をおびている。かたい皮がはずれて、綿棒のような穂がよじり出ようとしていた。

春は来るのね。どんな冬のあとにも。

あたしは四つんばいになって土手をのぼり、ネコヤナギに手をのばした。枝はたやすく曲がっても、なかなか折れない。若いすじをねじって、ようやく小枝の先をひきちぎった。緑色に染まった手のひらから、渋い香りがした。

空き缶に小枝をさし入れた。あの日、板井さんがくれたミルクティーの容器だ。捨てられないままだった缶は、ネコヤナギ用の花びんになって電話の横に置かれた。電話には「具合が悪かったら、明日もあさっても、どうぞお休みしてください」という、室長の伝言が入っていた。テープは、「オカシイやつばっかりだ」という独り言まで伝えて切れた。

「おい」

室長が乱暴な手つきでハルちゃんを呼び、書類をほうり投げた。ハルちゃんは気にしないふりをして、持っていった。今朝から、あきらかに様子がおかしかった。あの子にこんな態度をとることはなかったのに。

午後になって、休憩からもどったハルちゃんの顔つきが変わった。こわばった表情で室長につめ寄った。

「どうしてあんたことしたんですか?」

室長は知らん顔で見もしない。

「勝手に、ひどいです」

ぶうん、と室長は鼻息だけを返したが、ハルちゃんが立ちつづけていると「お前のもんじゃないだろう!」と怒りだした。

「あの机はお前のものか」

「いえ」

「うちの市のものだろう。お前がやめたら、あの机はほかの部署にまわるんだから、準備しておくのがあたり前だろ」

「でも、まだ勤務もおわってないし、大切なものだって入っていたのに」

「バイトのくせに、公共物を私物化している方が問題なんだよ」

「ご迷惑かけたことはわかっています、でも」

「うるさい、早くやめろ」

室長は口の端にいっぱい泡をつけて叫び、イスごとうしろを向いてしまった。ムチャクチャだ。なんだ、これは。

見ると、ハルちゃんの机がからっぽだった。きれいにそろっていた文具もファイルもなかった。それだけでなく、置いていたカップやひざかけまでなくなっていた。

「ぜんぶ捨てられちゃったみたいです」

「ひどいわ。私物まで無断で処分する方が大問題だわ」

「ハルが、室長が怒るようなことをしちゃったので」

「でも、やりすぎよ」

「澤村さん、ごめんなさい、スケジュール帳が」

ハルちゃんの目から、はじめて涙が落ちた。

「あの名刺。澤村さんからあずかった名刺も、中にはさんであったんです」

「えっ」

なんてことを！　あたしは室長の机に思いっきりこぶしを振りおろした。

「ちょっと、スケジュール帳はどうしたのよ！」

キシッ、天板が鳴った。

室長は苦々しい顔でちらりとドアの向こうに目をやった。

事務室！

事務室のシュレッダーを開けると、ピンクのプラスチックが紐状になって散らばっていた。スケジュール帳の表紙だった。

やられた。室長、あのおっさん、最低！

ハルちゃんと、もう一度必要な文具を集め、ファイルを作りなおし、もとの状態にもどした。板井さんの名刺は、しかたがない。神さまが回収しただけのことだ。まだ目の赤いハルちゃんの肩を、そっと抱いた。

「大丈夫だよ、気にしないで。退職記念に新しいカップとひざかけをプレゼントするね」

翌朝、机の書類に封筒がはさんであり、水色のこまかな紙くずが入っていた。ハルちゃんが、シュレッダーから名刺の破片を一つ一つ拾いだしてくれたのだ。『ごめんなさい。これでぜんぶだと思います』と、付箋《ふせん》がそえられていた。

まるで恋の遺灰みたいだ。こんなになっても、まだ捨てられない。

封筒をそっと、カバンのポケットにしまった。

生理がおわりかけると、次の試練がやってくる。動けないことを言いわけに、ためていた仕事の山に気づく。泥を踏むようなふわふわした状態で残業する。

——ガクさん。もどっちゃいました、以前のあたしに。ど貧血で、あわれな恋をひきずる、鬱屈《うっくつ》した女に。

暗いホールの台座で、ひざをかかえてつぶやく。

冷たい下腹部を温《ぬく》めたくなって、〈カレー屋　コタニ〉の重い把手をひいた。

店長さんのすがたはなく、金髪のお兄さんだけがカウンターの中にいた。席に着くと、だまってカレーの小鍋を火にかけた。

「店長は昨日と今日、休み。スパイス仕入れに行ってる」

鍋をゆらしながら、彼が口を開いた。押しかけ弟子は、店長さんがいなくても、お店をまかせてもらえるくらいになったのね。

いつもの照りのあるカレーがカウンターに置かれた。

「うまい?」

「はい」

チッ、

「ったく、腹立つ女だな」

舌打ちが聞こえて、スプーンを止めた。

「いつもとおんなじ顔で食ってるんだね。平気なんだ、コタさん、いないのに」

「……………?」

あたしは、きょとんとしてカウンターの向こうの人を見た。

「にぶいね、おたく」

幕末顔がギロリとにらんだあと、意外な単語が出た。

「猫、好き?」

「猫?　あ、はい……」

「よくウチの猫のところにいるよね」

「え?」

「畳屋、神社の横の。あれ、オレの家だから」

はっとした。壁にかかっている、彼のカーキ色のモッズコート。なぜ、今まで気がつかなかった？　雪の夜に、あたしよりも先に猫の寒中見舞いをしていたのはこの人だった。おどろきだ。金髪鼻ピアス君が、畳屋の、人間の方の三代目だったのか。

「はい、時々、遊ばせてもらっていました」

「エサとかあげないでくれる」

「すいません、気をつけます」

素直に頭をさげた。

「卑怯だよね。何でも中途半端にかかわって、いい顔だけして、一コも責任とらない」

「すいません……」

「ちがうんだよ、あのさあ」

よほどイライラしているのか、手に持ったお玉が鍋を叩きはじめた。

「だからさ、今、話してるのは、猫じゃなくて、コタさんのことなんだけど」

あたしは本当ににぶいのだろう。お兄さんが何をこんなに怒っているのか、見当がつかない。

「この店に通ってて、わからねえ？　しれっとパクチーだけ受けとってさ」

「小太郎さん、おたくに惚れてるんだけど」

「……………」

今日はどうした？

資料室のタダ賢の机の上に、ショルダーバッグと白衣の両方がある。ハルちゃんがとんできた。

「今、室長さんと市役所の方に向かわれました」

「なんで」

「澤村さん、知らなかったんですか」

「え、何を」

「タダ賢さん、ここ五日ほど出勤しなかったじゃないですか」

そうだっけ。

「お休みの連絡もなかったし」

あ、そうか。

「怒られちゃったんだ」

「ええ、さすがに」

「また文書さがしに行っていたの」

「忌引きです」

「どなたか亡くなったの？」

「アルジャーノンがね、死んじゃったらしいんです」

忌引き。なるほど。

「タダ賢さん、すごくショックだったんでしょうねえ」

「そうだね」

以前、お祖母さんが亡くなった時、彼は一日しか仕事を休まなかった。そう、アルジャーノンは死んじゃったの。お墓を作ってあげるのに、五日も必要だったんだ。

室長とならんでいるタダ賢のうしろすがたが目に浮かんだ。ちゃんとあやまれるかなあ。そういう言葉、知ってる？　トカゲみたいになで肩だから、だまって立っていれば反省しているように見えるかな。

迷彩柄のショルダーバッグがヘコリンと折れて、ご主人の代わりに「ごめんなさい」と言っている。博物館が設立されて以来の仲間だからね。この地下室でずっと古文書達を守ってきた。

「ねえ、ハルちゃん」

白衣をたたんで、提案してみた。

「アルジャーノンに花束贈ってあげようか？」

アルジャーノンの殯《もがり》の余波は、あたしにも、ある出来事をもたらした。タダ賢がほかの施設から借りていた古文書の期限が過ぎていたことがわかり、いそいで返却に行くことになった。

タダ賢め！

行き先は、都心の大学内にある資料館だった。キャンパスというよりも、おしゃれなビル街という感じだ。ガラス張りの校舎の反射がきつい。頭がふらついてきた。避難場所、いちばん近いイスは……証明写真のボックスがあった。

丸イスにすわり、カーテンを閉めて頭を壁にもたれかけた。落ち着くと、タダ賢が借りた文書がどんなものなのか、見てみたくなった。

紙袋から横半帳《よこはんちょう》が出てきた。江戸期の商家文書。商売の正式の記録ではない覚書きのようなものだ。解読オタクは、この中に何を嗅《か》ぎつけたの？

綴《と》じしろの中、まっさらであるはずの場所に黒い線がある。見つけた！　秘密につづられた記録だ。すきまに走らせた小筆。そのこまかさに執念がにじんでいる。

『於ふ三こひしや』

おふみ、恋しや。

これは、おふみさんへの想いの吹きこぼれか。ひそかな交信だったなら、どこかの横半帳には、おふみさんの返事があるかもしれない。『あたしもよ!』と。

ひととき、あたしはこのみじかい文を生んだ物語に思いをはせていた。これが墨の力。この七つの文字は二百年よりもっと永く、おふみさんへの恋心を証明しつづけているのだ。

ラブレターは綴じしろの中にかくれたまま、ふたたび暗く清潔な倉庫で眠りにつく。

そっと、小指の先で文字をなぞった。血がざわめく。墨の向こうの遠い声。あなたの恋が、たしかにこの世に存在していたことを、あたしは知っている。だれかがおぼえているなら、それは生きているのよ。

おやすみなさい、『おふみ、恋しや』。心惹《こころひ》かれながら、ボックスのカーテンを開けた。

そう言えば、夜の史料庫で古文書を広げなくなったわ。そんなことを考えながら、資料館の人に頭をさげていたせいで、玄関のドアを開けたら、どっちから来たのかわからなくなっていた。大通りに立って左右を見ると、知っている景色があった。

あ、ここって。

タイ飯デートをしたあたりだ。ということは、板井さんの会社もこの近くだ。もしかすると、ばったり会えるのでは。脈拍が速くなった。

出張はどこかにとんでしまった。道行く人を意識しながら何度も通りを往復し、気づけば、ずいぶん時間がたっていた。

「バカね」

靴ずれが痛くて止まった。そんなにうまく見つかるわけがない。タイでの出会いが奇跡だったのだ。

オフィスビルのガラス窓に、白いハーフコートを着た女が映る。

もしも、もうちょっとだけ歳が近かったら、この恋はかなっただろうか。

――わたし、好きな人がいます！

とっさにそう答えていた。あの夜カレー屋で、人間の方の三代目に。

もう、恋なんてできないと思っていた。こんな恋をするなんて、こんなに苦しむなんて。

横半帳の男がこらえきれなかったように、想いを史料庫の古文書にきざんでしまいたい。

送さん、恋しや。

帰ろう。

靴を履きなおして、息をのんだ。目の前のカフェのカウンターに黒いセーターが見えた。

今にもパソコンの上に落ちそうな頭をささえている大きな手。ずれかけた黒ぶちの眼鏡。

板井送さんだった。

寝息が聞こえそうなほどゆったりと、肩が動いている。無防備な、若い眠り。

一枚のガラスの壁をはさんで、あたし達は向き合っていた。ほんの数回、このガラスをノックしたら、彼と再会するだろう。持ちあげたこぶしが、一ミリ手前で止まった。そうして勇気の出ないまま、いつまでもつむじを見つめていた。

次の瞬間、なんの前ぶれもなく、ぱっと彼の顔があがった。逃げる間もなく、しばたたかせた目がこちらをとらえていた。ガラスの中の人は、眼鏡をかけなおしてこちらを確認し、軽い会釈を投げかけ、あたしは足が凍りついて、カバンを抱きしめたままつっ立っていた。

板井さんはカフェの入り口をさして、自分のとなりのイスをトントンと叩いた。こっちに来ませんか、と口が動いている。立ちあがろうとするのを見て、思わず手で止めた。

ごめんなさい。

おそらく人生でもっとも出来の悪い笑顔を作って、深々と一礼し、背を向けた。人影が手を振るのを目の端に感じながら、あたしは走りだした。

なぜ逃げるの？　あんなに会いたかったくせに。

人間の三代目が言った通りだ。卑怯で中途半端で、責任をとらない女。

もどれ。こころで叫びながら走り、涙がこみあげた目に古書店の看板がとびこんできた。びっしりと詰められた背表紙の洞窟は、あの日のままだった。堆積した時間の匂い。紙の古墳の静けさ。だまって、この空気を味わっていた二人。『高麗史』は今もそこにいる。

ぼんやりと見ていると、

「澤村香菜くん」

思いがけず名前を呼ばれた。

「あ、先生」

ホコリのただようすう明かりの中に、なつかしい人が立っていた。

「鈴廣《すずひろ》先生」

大学の研究室でお世話になった、日本史の教授だった。博物館の資料室に推薦してくれた恩人だ。「科学的に思考せよ」が口ぐせで、「君はまったく理論的でないねえ」と、よく叱られていた。

「おひさしぶりです」

あいさつをすると、顔をあげるよりも早く次の言葉が来た。

「会えてうれしいよ。元気だったかい」

「はい。先生、変わっておられませんねえ」

力のある眼。小柄だけれど、しゃんと張った肩。着ている背広のヘリンボーンの柄まで、当時と変わらない。

「君だって、変わっていないよ」

「もうスゴイ歳ですよ」

「歳にスゴイも普通もないじゃないか。なぜ数字に勝手な意味づけをするんだい」

教授は早口になった。この口調になると大きくなる声も、むかしとおなじだ。

「あいかわらずだねえ」

「すいません、『科学的に思考せよ』でしたね」

「そうそうそう。君は、古文書資料室に行ったのだったね、まだあそこにいるのかい」

「はい、おかげさまで、つづけさせてもらっています」

「うん、そうか。史料の批判をしっかりとやりなさい」

「はい」

「魔法じみた考えをしちゃダメだよ」

「はい」

「今、僕と君が会った。それが事実。いいかい、歴史において『もしも』なんてものはないんだよ」

「はい」

「『もしも』はないよ。君はただ、今日の君だ。それだけだ」

じゃ、と手をあげて教授は店を出て行った。開けっぱなしのガラス戸から、街の音が流れこむ。

学生時代にもどされて、またホイッと今の自分に帰されたようだった。あたしは古書店をあとにすると、ベルトコンベアに乗るように人ごみに合流して歩いた。

もしも、なんてものはないんだよ。教授の言葉がついてくる。

君はただ、今日の君だ。

ぐいぐいとせっつかれるような、それでいて、ほっとするどこかに近づいてゆくような感覚だった。地下鉄にももぐらずに、タイ料理屋も、靖国の森も越えて歩きつづけた。クラクションのあいだを縫って、ふいにかすかな花の香りが鼻先をかすめた。

部屋に着いたのは、春の夕暮れがぼんやりと夜にしずんだあとだった。玄関にブーツを投げだし、コートのままベッドに倒れこんで布団に顔をうずめた。

次に目を開けた時に見えたのは、朝日の射す天井だった。脚はジンジンしていたけれど、頭の中は澄んでいた。すっきりとして、その言葉だけで満たされていた。

そうだ。そういうことだ。

無理なものは、無理なのだ。

庭のツリーはもう生えてはこないし、猫の三代目は畳屋さんにはなれないし、人は歳を減らせないのだ。

深く息を吐くと、光の中に白いもやがあがった。泉のようにあふれてきた涙を耳に落としながら、あたしは笑っていた。

6　いつか恋する日のために

「やっぱりムカツク子よね、あんたって」

豆腐のサラダをつぶしながらユリ子が言った。絹ごし豆腐がグズグズになってゆく。

電話で怒られたあと、つらいことがかさなって暗闇の底をさまよったこと。神保町で板井さんの前から逃げてしまったこと。鈴廣教授に言われた言葉。やっと、このままの自分で生きていくしかないと気づいたこと。みんな話した。

ユリ子は目尻をピンとあげながら、最後まで聞いてくれた。

「あの時、電話でちゃんと言ってくれて、ありがとう」

と言って、返ってきたのが「やっぱりムカツク」だった。サラダがすっかり白和えになったところでユリ子はお箸を置いた。

「あたしさ」

それは思ってもいない言葉だった。

「たまに、香菜のお兄さんの気持ちが、なんとなくわかる時があった」

「え、どういうこと？」

「あんたのそういうところ。憎らしいくらいに純粋で善良なとこ。あんたって、気づかないうちに人をいじけさせるんだよね」

そうじゃない。いじけていたのは、あたしなのに。

「無神経ってこと？」

「いじわるに言うとね。お兄さんだって、何とかしたいって気持ちがあったと思うのよね。でも、香菜がアホみたいに一人でがんばっちゃうからさ。それを見ると、ついふてくされて、いじめたくもなったと思うわ。ほら、あんたが家を出てからバイトをはじめたでしょ。楽になったのよ」

考えもしなかった。あたしの方が、あの人を苦しめていた。

「人とくらべなくてもいいのにね。あたしら、小学校からおなじ列車につめこまれて、『ほら、見なさい、みんながんばっているでしょ』って言われてさ、レールをはずれるなんてできないって思っていた。でも車両がすいてきて、お兄さんも、ちょっと息をつけたんじゃない？　ようやくヘッドホンをはずして、自分の降りたい駅をさがそうかって気になれたのかも」

人生のはるか先を走っているユリ子が、純ちゃんの気持ちをそんなふうにくんでいたなんて。

「しょげなくてもいいわよ。スナフキンはきっと、あんたのその善良さをわかっていたんだろうね」

メニューに手をのばした。

「彼のおかげでパクチーを征服したんだって？　すごいじゃない」

「うん、パクチーで窒息してもいいくらいよ。大葉やセロリは絶対にムリだけど」

「イカれちゃったわね」

親友は笑った。

「人はね、むかしの自分にはもどらないのよ。前にすすんで変わるだけ。離婚してまた以前の名字になっても、それは新しい名字なの」

「ふうん。ありがとう。今日、話せてよかった」

「はじめてだよ、こんなふうに話したの」

「そう？」

「みんな一人でかかえちゃう子だったじゃん」

「そうだったかな」

「変わったね。よかったね」

「うん。よかった」

「ムカツク」

あたしの鼻を、ネイルの指がグリッと押しつぶした。

「あたしが、あんたといまだに友達やっているのは、よけいなことを聞かないからよ。結婚のいきさつなんて興味もなかった人達が、離婚するといきなり友達面して飲みに誘ってくるの。『なんで別れたの？　浮気されたの？』って。香菜は、何にも言わないでいつまでも待っていてくれたもの」

だって、なんて言えばいいかわからなかったもん。そう思っていると、今度はおでこをひき寄せ、頭突きをされた。ごん。

「イタっ」

「あんたはいい子よ。だけどいい子でいたら、恋なんかできないんだから」
「ん」
「とことんイカれちゃえ」

本当はわかっていた。かわいそうなあたしを、神さまや極楽のお祖父ちゃんがたすけてくれるのを、だだっ子のように待っていたのだと。気づいてもらえないのをお母さんのせいにして、何も言わずに待っていた子どもの時とおなじように。

そうしているあいだに、あの人の生活はすすんでいた。新しいメールが、彼がもう神保町にはいないことを知らせていた。

お元気ですか。僕は韓国のコチャンという街にいます。また、衝動的に旅に出てしまったわけです。

九州からフェリーで釜山に入り、慶州の岩山で素朴な仏達をたずね歩きました。タイの寺院で見た金色のリクライニングブッダとは、またちがいます。ここで会った石仏さんは、どこか澤村さんに似ています。清々しくてのびやかで、石なのに触れたくなるようなぬくもりがあります。

慶州からは、バスといつもの自転車で移動です。耳がもげちゃうような寒さですが、食堂のクッパで暖をとりながらペダルを踏んでいます。

今日は、だだっ広い古墳公園に行きました。こちらの言葉でコインドルと言って、軍艦みたいな巨石がゴロゴロしているんです。横穴式の古墳のように中にもぐることはできないのですが、ただ、僕もちょっとわかったような気がしました。あなたが言っていた、〈せまくてあったかい巣〉という意味が。

また雪だ。そろそろ、あったかい場所に脱出したくなってきました。タイの太陽がなつかしいな。さて、これからどうしましょうかね。

コチャンコインドルにて　板井　送

スナフキンはまた遠くに行ってしまった。今度はいつ帰ってくるのだろう。返信したら、韓国までつながるのかな。外国の田舎道を自転車でウロついているような人に、どうやって届くのだろうか。

〈板井さん、わたしは〉

そこまで打って、言葉は止まってしまった。いつまでもパソコンを開いたまま、彼のメールを見つめていた。

慶州とコチャン。うちの所蔵品の中にも朝鮮半島のものがあったはずだ。史料庫をのぞくと、奥の机で作業していたタダ賢が、がばっと目をあげた。鼻の下がひきつっている。ハ、ハ、ナ……。何か言いたいのかしら。あまりにも長く彼がかたまっていたので、ひき返した。

その日、アパートに帰ると、留守番電話のランプが光っていた。お父さんからの伝言だった。

「香菜か。もどったらちょっと、お前にたのみたいんだが、実は昼間、お母さんがな」

ドキリとした。

「入院しちゃってな。悪いが、夜でかまわないので、車で市立病院まで来てくれないか」

やだ！

脱いだばかりのコートをつかんだ。その裾が活けてあったネコヤナギにひっかかり、開いたままのパソコンの上に缶ごと転がり落ちた。キーボードの上にトクトクと水が流れてゆくのを見ながら、部屋を出た。

お母さん、どうしたんだ、倒れたのかな。入院だけじゃわからないよ。夜でいいって、どういうこと？　なんで昼間、資料室に連絡してこなかったの？　ああ、携帯電話を持つべきだった。

「ごめんねえ」

骨折した足をパンパンにかためられながら、お母さんは笑っていた。家にいる時でもかかさなかったお化粧を落とした肌は、古いゴムのようにこわばっていたけど、どこかおさない子どものように、か弱くたよりなげに見えた。

「お鍋をね、金時豆を煮ようと思ってさ、大きいお鍋を上の棚からとろうとして、台から落ちちゃったのよ」

「もう、気をつけてよ」

ホッとしながらも、頭の中でこれからのことを考えていた。

「で、何を用意すればいい？」

「いいの。あのねえ、純ちゃんがね、買い物に行ってくれているの」

え。

てっきり、彼は家で部屋にこもっているのだと思っていた。

「たすかったのよ。よくやってくれたの」

お母さんは本当にうれしそうだった。

ふーん。そうなの。両手が小きざみにふるえていた。何十年も苦しめて、たった一回でこんなによろこんでもらえるあの人が、やっぱりちょっと憎らしかった。一生、こまった人だろうと思っていた。まともになってよと思っていたのに、なぜか複雑な気持ちだった。

大鍋の話を三回聞いたところで、お父さんと病室をあとにした。待合室のイスにもたれると、一気に力が抜けた。

「つかれた」

「ああ。つかれたなあ」

照明を落とした人気《ひとけ》のないホールに、つつましやかに音楽が流れていた。『ムーンリバー』だった。

あの夜のチャオプラヤ河。黒よりもずっと深い、紺色の水面。その紺地に散らしたかすり模様のように、バンコクのネオンがにじんでゆれていた。流れずに、ただたゆたう光。行き先に何かを期待しながら、いつまでも動けなかったあたしのように。

でも見るべき世界はいくらでもあった。

「ありがとうな」

シートベルトを締めながら、お父さんが言った。

「ここんとこ、母さん、楽しそうだったよ。お前が料理のことを聞いてくれるから」

「うん」

「香菜に料理を教えてやらなきゃって、はりきっていてな」

そうだ、金時豆はあたしの好物だった。

「だいぶ顔色、いいじゃないか」

「ええ？」

こんなところで言われるとは。

「そうよ、前よりずっと元気になったのよ」

「ちょっと茶でも飲むか」

「お店に寄るの？　今日はもう家に帰ったら」

「トイレも行きたい」

仕方ないな。住宅街の中にあるカフェに車を停めた。

「女の人しかいないぞ」

居心地が悪そうに花柄の籐イスに腰かけるお父さんにはかまわず、さっさとメニューを広げた。

「何にする？」

「アイス。白いやつ」

店員さんにバニラアイスとコーヒーを注文した。

「運転うまくなったな」

「そう?」

「やっぱりたすかるな。だれか運転できると」

「うん、そうだね」

「たすかった。お前が車に乗るのは反対だったけど、だまって免許をとってしまったから」

車の免許は、あの家から荷物を運び出すための準備だった。不安と怒りをエネルギーに、
機械オンチのあたしは教習所に通った。

「うまくなった、安心した。まっすぐ歩けない子だったのに」

「え、あたし?」

「小学校の頃、ぜんぜん前を見ていなかったぞ」

「うそ、おぼえてない」

「踊ったり、まわったりしているから、すぐにブロック塀にぶつかったり、田んぼに落ちてたじゃないか」

そう言えば、いっとき、笛を吹きながら登校していた。リコーダーの課題をクリアする

競争をやっていて、友達に負けまいと、くちびるが腫《は》れるまで夢中になって練習していた。

あの頃は、笛の先に電信柱や上級生のランドセルがあらわれても、おかまいなしだった。

「自分では、ちゃんとしているつもりだったんだけど」

「それが子どもだ。歩くのが楽しかっただろう」

「うん」

「楽しいのがいい。車にぶつからないかと母さんと心配したが、無事でいてくれて、ありがとう」

どこかくすぐったい「ありがとう」だった。

そうか。お父さん達、ちゃんと見てくれていたんだね。

「お前は、うちの救いだった」

え？　コーヒーがのどで止まった。

「お兄ちゃんがな、ずっと、あんなだったからな。香菜は元気でいてくれて、どんなに気が楽だったか」

「やめてよ」

おどろきと恥ずかしさに、腹が立ってきた。

「純に気を使って、あまりほめてもやれなかった。今頃、こんなことを言ってもなんだが、お前をがんばらせすぎてしまった」

「もう、いいって」

「いや、うちの家族はな、みんなそんなに悪い人間ではないのだが、ちょっと遠慮していた。大切なことを口にして確認してこなかった」

お父さんは話しつづけた。いつか、こんな話をする用意をしていたかのように。

「純はなあ、あれはあれで、よくここまできたと思うんだ。親としては誇りに思ってやらなきゃと思う。純は誇りだが、香菜、お前はあの家の」

お父さんはとても大切に、その言葉を言ってくれた。

「救いだったんだ」

「アイス、とけちゃうよ」

アイスをスプーンにのせて、お父さんはまた口を開いた。

「庭に、むかしのツリーの切り株があるだろう」

「うん」

「あれ、つまずいてあぶないから、掘り起こして処分しようとしたらな、母さんが『香菜が好きだった木だから、のこしておいてあげて』って、言ってなあ」

「そう」

なによ、いっぺんに、こんなこと言いだして。

「すまなかったな、あんなところで泣かせてしまって」

知ってたんだ。

もう、いいよ。鼻の奥が痛くなってきた。あたしはだまり、お父さんもそれ以上の言葉を足さなかった。

「おい」

「なに？」

「このアイス、黒いつぶがいっぱい入ってるぞ」

思わず吹きだしてしまった。となりのマダム達がこちらを見たけど、気にしない。ぬれた目をふきもせずに、声をあげて笑った。

「ねえ、お父さん」

バニラビーンズなんて、知らなかったよね。

「今度、おいしいバニラアイスを食べに行こうか」

その時に教えてあげよう。二人でドライブしよう。

お母さんの入院中、実家の男二人はよく働いた。交代でつきそいをして、留守番をする方が洗濯をする。あたしは、たいした出番もなく、コンビニ弁当ばかりであろう食卓を気づかい、お惣菜を作って朝のうちに持って行ったりしていた。

実家のピンチを理由に、今月の「市民だより」の原稿は夕ダ賢にまかせることにした。入院から三日たって、よくやく放置していたパソコンに手をつけた。水は乾いても、もうどうやっても動かなかった。パソコンをレースのテーブルクロスにつつみ、クローゼットの奥にしまった。それは、小さな文箱みたいに見えた。

八百年前の文字は生きのびるのに、このあいだまで交わされていた言葉達は消えてしまった。パソコンは没し、名刺は紙くずになった。「板井さん、わたしは」と言いかけたまま、糸が切れてゆくよう。

彼はまだ、寒風の中をさまよっているのかな。異国からのメールは今でも、この暗い箱の中に届きつづけているのだろうか。返信がないから、怒ってもう送るのをやめてしまったのかもしれない。

「むずかしい顔をしていますね」

カレーとおなじ、まるい声だ。鍋越しに羊みたいな笑顔があった。

夕方の早い時間。金髪くんは、まだＤＶＤショップにいる。「小太郎さん、おたくに惚れてるんだけど」。そう聞いてからも、〈コタニ〉に来ていた。いきおいで自分の本心を明かしてしまったせいか、堂々と扉を開けることができた。

小太郎さんのカレーは、ご飯やピクルスをひき立てる。一歩さがって、ほかのものをかがやかせようとする。奥底に秘めた静かな強さ。人柄そのものだ。この人のくれる、ほっこりとした空気。板井送さんを想う時のような激痛はない。あたしはなぜ、痛みの方を選ぶのだろう。

「さぐろうとしていたんです。これは何の風味だろうって」

カレーには、動物性の具材が使われていない。ていねいに煮出した野菜のだし。その向こうにやさしい滋味がこっそりとすわっている。

「なつかしい感じ、子ども時代の」

「ほう、ほう」

「遠足の匂い。小学校の時に行った高尾山みたいな」

高尾山というとっぴな例えに、店長さんは嫌な顔をしなかった。恥ずかしげにもみあげをかいて、「ちょっと、来ていただけますか?」と、カウンターの奥のドアを開けた。となりのマンションの外階段があり、カンカンとあがって行くと、屋上に出た。

「秘密基地です、僕の」

物干し竿にいくつも網カゴが吊るされている。中はキノコだ。カラカラに反り返りながら、ゆりかごの中の赤ちゃんのように、気持ちよく風にゆれていた。山の匂いの素はこれか。

「畑……いえ、工場ですね」

「しいたけは僕の郷里から送ってもらっています」

「店長さんの、なじんだ味なんですね」

「料理なんかまったく縁のないサラリーマンだったんですけどねえ。ある朝、顔の半分がマヒして動かなくなっちゃって」

手のひらで額《ひたい》をなでた。皮膚の感触をたしかめるように。

「休職して、田舎に帰って。裏山でお祖父ちゃんがしいたけ栽培をしていましてね、ハウスは僕の遊び場だった。お祖父ちゃんのハウスに入ったら、するっと治ってしまった。その時に決めたんです。この匂いとともに暮らせる仕事を見つけようって」

「そうだったんですか」

「バイトの彼には内緒ですよ。お客さんをここに入れたなんてバレたら、怒られそうだ」

ひんやりした光がマンションの給水塔に落ちようとしていた。男の人に、夕暮れの秘密基地に案内されたのは、これで二回目だ。

ハルちゃんは少しふっくらしてきた。博物館の予算の都合で、ハルちゃんがやめたあとのバイト職員の補充はない。机だけはそのまま、パソコンと一緒にのこされることになった。

「お客さま、もう少々はなれてご覧いただけますか」

エントランスホールの案内板をヒールで蹴っている女性に声をかけた。不愉快そうに向けられた顔には、見おぼえがあった。先日、天窓からのぞいていた毒蜘蛛の人だ。

「なによ、どうせ、ここにあるものなんて、たいした価値ないでしょ」

トゲだらけの言葉。何が入っているのか、重さで底の変形したハンドバッグも気になった。ムッとしながらも、事務的な口調で対応した。

「当館の展示物は、市民のみなさま共通の財産です。大変貴重なものも数多く所蔵しております。くわしい説明をさせていただきますので、係の者をお呼びしましょうか」

「けっこうよ！」

ピアノの高音をこれでもかと叩いたような声だった。

「クズばかりじゃない。職員もクズ女、くだらないものばっかり！」

くちびるをゆがめると、いきなり身をひるがえしてガクさんに向かって行った。

「やめて！」

止める間もなかった。バッグからハンマーを出し、頭に振りおろした――。

彼女が森林広場の方に走ってゆくのを目で追いながら、あたしはインフォメーションにかけこんだ。

「展示物や来場者に危害をくわえるおそれのあるお客さまがいます。ピンクのコートをはおった女性の方です。今、広場の方向に行かれました。警備に連絡してください。それから――」

ガクさんを返り見た。

「エントランスホールにある〈楽士《がくし》の埴輪〉が破損しています」

ごめんね、ガクさん。守ってあげられなくて。

警備員は彼女を発見できなかった。その日の午後、次の事件が起こった。

ガゴッ！　ガゴゴッ！

異様な音がした。うたた寝をしていた室長が「うおおおっ」と声をあげて、イスからよろけ落ちた。

あの女性がいた。また天窓に張りついている。目を見開き、口もとは笑って、両手にはハンマーがあった。それをガラスに落とす。ハンマーの重さに腕はぐらつき、よろけながらも、全体重をかけてガラス面を殴ってくる。あたしはハルちゃんを壁ぎわにひき寄せた。ガツッ、ゴンッ、ガラスに白い傷が広がってゆく。ハルちゃんが手でふさいだ口の中で、「ミサエさん」とつぶやくのが聞こえた。

バコッとにぶい音がした。一人分の体重と衝撃に耐えられなくなった窓枠がはずれたのだ。いきおいのままに、彼女の体がすきまからこちらの空間に入ってくる。まず、ハンマーが落ちた。金属音がして、ゴルフクラブがはねあがった。

蜘蛛のようだった人は、体積と重量をもった落下物となった。ピンクのコートが羽衣のようにひらめいた。

「ギャアアア！」

室長の悲鳴が響き渡った。

二台の救急車とパトカーが去って、こわれた天窓のまわりにいた職員のすがたが消えたのは、日暮れ近くだった。緊急閉鎖された〈いこいの森〉には、気まずい静けさがただよっていた。

彼女は元気に泣きじゃくりながら運ばれていった。着ていたコートが窓枠にひっかかり、一瞬止まったあと、コートを裂きながらスロー落下して、室長の枕の上にお尻から着地した。ストッキングは破け、すり傷を作りながらも、大きなケガにはいたらなかったらしい。

ただ、ハンマーが直撃した室長のゴルフクラブだけは、真ん中から曲がっていた。

彼女が何者だったのか、ハルちゃんはわかっていたようだ。壁ぎわから動けなくなったハルちゃんは、落ちた人よりもよっぽど生気のない顔をして病院へ搬送されて行った。

翌日、館長室で、ハルちゃんが三月末までお休みしてそのまま退職することになったと知った。先に呼ばれていた室長からは、タイの路地裏に似た臭いがした。流れ落ちた汗で、背広の肩まで色が変わっていた。入れ代わりに、あたしとタダ賢が館長の前に立った。女性が落下した際のこと、それから室長の机にあった枕とゴルフクラブについて聞かれた。

「言っていることが、ずいぶんちがうね」

室長の話はこうだった。枕は腰痛対策として背もたれに使っていたものを、とっさの判断で机にのせて女性を救った。ゴルフクラブは、古くなったもので護身用に使っている。最近、不審者の情報があったため、資料室の職員を守るために置いていた。

「澤村くんについてだけどね、このように聞いている。『日ごろから勤務態度がきわめて悪い。ズル休みばかりしている。自分は上司としての使命感と愛情を持って指導をしてきたが、それを逆恨みしているようだ。澤村はうそつきだ。きっと、自分をおとしいれるようなデタラメを言うにちがいない』と」

横穴式石室で起きていることだ。だれも援護はしてくれない。

「只野君、どうだろう。君は、史料庫にいることが多いかと思うけど」

タダ賢はだまっていた。口を富士山の形にむすんだまま、白衣のポケットから小型のテープレコーダーを出した。スイッチを押すと、調子の悪い掃除機のような、聞き慣れた音が流れた。

『ズズズー、クオオオオオ』

「なんだ、これは？」

「室長のいびきの音です。これは午前中ですね」

『ヒャーンヒャーン、プププ』

「こっちは午後のお昼寝の音です」

事実を答えた。つづけてレコーダーは、室長の声を流しはじめた。

『（プチ）ほら、女なんだから、そろそろ子ども産まなきゃ。どうするんですか、将来？　子どもも作らずに、年金だけもらうつもりですか？　それじゃ泥棒ですよ（プチ）まったく無駄な生理だな。子どもも産めないくせに……』

館長の顔色が変わった。

次の日、室長は体調不良で入院してしまった。しばらくのあいだ、タダ賢が室長代理を務めるようにという伝達があった。彼がなぜバッグの中にテープレコーダーをしのばせていたのかは、考えないでおこう。「室長のあまりのセクハラ発言の多さに、正義感でやってくれたのだと思います」と、館長には説明した。

お天気のいい朝だった。ハルちゃんから「荷物をとりに行きます」と連絡があったので、新しいカップとひざかけの入った袋を持って、いつもより早い時間に資料室に着いた。ドアを開けると、入れちがいにタダ賢が出てきた。あいかわらず、猫背の忍者みたいに目も合わせず、ぬらりと去って行ったが、垂らした前髪からのぞくあごがゆれて、かすかに会釈をしたようだった。

あたしとハルちゃんの机の上に一本ずつ、立派なバナナが置いてあった。

何だろう？　彼が置いていったのなら……。

「もしかして、これは香典返し？」

アルジャーノンに贈った花束のお返しか。

ハナタバ、アリガトウ。あの時、史料庫で彼はこう言いたかったのだ。

お昼過ぎにハルちゃんが来た。二人でバナナを持って地上にあがった。陽のあたるベンチは、デザートを食べるには最高の場所だった。バナナはなめらかに光って、三日月型の太陽みたいだ。ハルちゃんは、いつもの明るくはずんだ声にもどっていた。

「タダ賢さんから物をもらうなんて、はじめてですね」

「うん、どうしてバナナなんだろうね」

「アルジャーノンの好物だったのかな」

皮をむくと冷たい香りが広がった。

「バナナの天ぷら、おいしいのよ」

「へえ！　はじめて聞きました」

「パクチーと一緒にザクザクっと切って、かき揚げにするの」

ハルちゃんはしばらくその味を想像したあとで、「抹茶塩が合いそう」と言った。

「パクチーはね、ビタミンとミネラルがたっぷりで、美容や生理痛にも効くの」

くくくくっと、ハルちゃんは笑いだした。

「澤村さん、元気になりましたね」

「そう、わかる？」

「恋をすると、貧血も治っちゃうんですね」

突然の言葉に指がすべった。びっくりしたバナナの先がポロンと折れて、芝生の上に転がった。

「ナ、ナニ？」

「わかりますよ。キレイになったし、だれかのことばっかり考えてるなって。どんな人なんですか？」

「えーとね、とっても年下の人なの」

「流行が一周まわるくらい」

「そんな感じかも。十六」

「じゃあ、澤村さんが大学生の時、彼は幼稚園児ですよね。その幼稚園児が、今、澤村さんのハートを占めちゃってるわけですか」

うれしそうに目がピカピカ光っている。

「そう、占められちゃった」

「サ・ワ・ム・ラ・さん」

ドレミファソ、みたいにハルちゃんが呼びかけた。

「ステキです！」

「ありがとう。ハルちゃんは、クリスマスの彼のところに行くのね」

ペロッと舌が出た。

「パパは、ほかの人です」

「え?」

「彼のお兄さん」

ひょええ。

「でも、ずうっと好きだったんです。知り合ったのは、お兄さんの方が先でした。はじめはぜんぜんハルのこと見てくれなかった。弟から告白されてOKしたのも、お兄さんの近くにいたかったから。だけど、つき合ってるあいだも本当に好きでした。その人と、そういうことに、なっちゃったんですよ」

「じゃ、彼氏とは」

「別れました。ベビーができたこと話して。ふざけんなって、殴らせろって言われました」

「殴られたの?」

「大丈夫でした。部屋の中、ガッチャガチャにされましたけどね」

「そう、ハルちゃんへの暴力はなかったのね」

「だいぶ荒れて、会社もやめちゃったらしいです」

「やっぱり気になる?」

「少しだけ。友達からうわさは入ってくるし、いろいろ言う人もいます。でも、どうやって立ちなおるかって、彼が決めることだと思う。ひどいことしましたけど、あっちの領分までハルは手を出しちゃいけないから」

「そうか」

強いなあ、この子。

「お兄さんの方にも、恋人がいました。その人には殺されそうなくらい恨まれています。それは、しかたがないけど。家に何度も電話がかかってきたり、手紙がドアにはさんであったり。そのうち博物館にも来て」

「あ!」

毒蜘蛛の人。ガクさんを殴り、天窓から落下した彼女、ミサエさん。

「あの人、ハルちゃんとそういう関係だったの」

「はい。館長にもハルのことを非難する手紙を渡したみたいで、上の人に呼ばれて事情を聞かれました。赤ちゃんのこともバレちゃいました」

室長が急にあんな態度をとったのは、そういうわけか。

「じゃあ、あのハンマーの事件はこわかったでしょうね」

ハルちゃんは苦い笑みを浮かべて、だまってうなずいた。

鳩だけが陽気に鳴いている。バナナを飲みこむのも忘れて、話を聞いていた。

「大変なことが起きていたのね」

「ミサエさんが大ケガをしなくて、よかったです。でもハルは、やったことには後悔なんてまったくない」

「そう」

「ドクロマークのついた恋、よろこんで喰らってやります」

その横顔には、なんのいじけもなかった。

「そうね」

「この恋に悔いなし」

「悔いなし」

あたし達はバナナを剣のように高く交わした。

「ついでに澤村さん、パパになる人って、ハルとは流行ひとまわり分くらい、歳がはなれてます」

「えー、びっくりすることばかりだわ」

「小さなカフェをやってて」

「だから、コーヒーの淹れ方に凝《こ》っていたのね」

「話題を作りたくて必死でした」

「天窓の件も」

「彼の店の話です。ハルもこれから手伝うんです」

二人の小さなカフェ。赤ちゃんに光をそそぐ、まるい窓。

思わず天に目を遊ばせた。雲のかたまりがいくつも泳いでいた。灰色の影の切れ目にのぞく空は高く、青い熱をふくんでいるようだった。ひき潮のように、冬が退いてゆく。

芝生の上のバナナに蟻がよじ登っている。のこりを口にほうりこみ、あたしは立ちあがった。

「今日、早退しよう」


その足で鎌倉に向かった。海辺に行きたかった。バスを降り、一直線に堤防をくだった。風を受け、砂浜に足をとられながらすすんだ。潮の匂いが髪にからんでくる。

サーファーさんの相手をしていた海があいてきた。靴を捨て、タイツのまま波に足をひたす。砂の中に指がしずみこむ。早春の日暮れの水だ。「冷たいっ！」の代わりに、その言葉が出た。

好きだっ！

ああ、気持ちいい！　止まらなくなった。

好きだー！

好きだああー！

涙がとばされてゆく。夕闇だけど、これは夜明けだ。風が吹いて、とどまろうとする季節を押し流してゆく。

これからは自分で決める。このままのあたしをひき受ける。待ってばかりいない。人にたよる。いじけずに、「たすけて」と言おう。

サクラ貝の色をした月がのぼっていた。もう月になんて、祈らない。名刺の破片の入った封筒を出した。手のひらにのせると、風はあっという間にそれをすくいあげ、あの人のアドレスはふぶきのように舞いながら波間に消えていった。

桜の花がパラシュートのように一気に開いた。もうすぐ博物館前の道も、子猫みたいな新入生でにぎわうのだろう。

朝の資料室に一番乗りした。コーヒーを淹れ、今日からあたしの担当となったパソコンの前にすわり、起動させた。

うわ、メール来た。マウスを持つ指が止まり、呼吸が止まった。

送り主『PC　FORT』

お問い合わせありがとうございます。
当社はお問い合わせの通り、ウェブデザイン等を業務としており、インテリアデザインの方はいたしておりません。ウェブコンサルティングやホームページ制作をお考えの際には、是非、お声かけください。
当社をご紹介いただいた、澤村香菜様にも、お礼を申し上げます。

あたしの名前？　よくわからないまま画面をスクロールさせた。つづきがあった。

澤村さんに、僕の仕事についてちゃんと説明したいと思います。

僕らの秘密基地にて　板井送

そのみじかい文章が見えなくなるほど、目がかすんできた。ポタポタとキーボードの上に落ちた涙を、あわててふきとった。この奇跡が、ハルちゃんの贈り物だということに気がつくのには、少し時間がかかった。

あたしは涙をぬぐいながら画面を見つめ、そして資料室をとびだした。地上まで一段とばしで階段をあがり、通りでタクシーをつかまえた。アパートにもどると、パスポートをコートのポケットにねじこんだ。

「運転手さん、大急ぎで空港まで」

彼に会わなきゃ。

まだおわっていないし、はじまってもいない。ちゃんと目を見て、胸を張って、告白しよう。彼をこまらせてしまっても、恥ずかしい思いをしても。

何も失わない。パソコンをおぼえ、キレイになる方法を見つけ、血色のいい頬を手に入れた。大嫌いな魔王の草が、こころ一つでごちそうに変わることを知った。家族にイライラしたり、勝手に傷ついたり、気持ちとは裏腹なことをしてしまう恐怖から遠ざかった。

あたしは、できる。この恋がダメでも、またきっと次の下手くそな恋が。

さあ、玉砕《ぎょくさい》しに行こう。いつか恋する日のために。

走れ。この爆走のために今日まで生きてきた。

秘密基地へ！　使いこんだリュック。ヒョロっと長い背中。パソコンにおでこをのっけて、また居眠りをしているかもしれない。

その前に立ってパソコンにノックしよう。顔をあげた彼に、なんて話しかけようか。

7　チャオプラヤ河のほとりにて

その人に会った時、僕は高校生だった。夏休みに、はじめての海外一人旅に挑戦した。選んだ先はインド北部の秘境、ラダック。標高四〇〇〇メートルを越える町で、着くなり高山病になった。頭痛と吐き気が止まらず、ベッドに横になると苦しくなるので、枕を背中にあて半身を起こして寝ていた。電気は通っていたが、ほぼ停電の状態だったし、雪どけ水が流れてくる水道は、手が凍るほど冷たく茶色ににごっていた。

その代わり、星空はすばらしく豪華だった。明かりのともらない町の上空は完璧な宇宙で、僕は毎晩、宿の屋上にのぼって気がすむまで星をながめていた。

高山病がちょっとマシになった頃、市場で出会ったおばあさんの家に連れて行ってもらい、ごちそうしてくれたバター茶を飲んで腹をこわした。結局、見ることができたのは、町はずれにあるチベット寺院の曼茶羅《まんだら》だけだった。

帰る日になって天気が悪化し、デリーからの飛行機はキャンセルになった。それからは、朝五時に開く空港に早入りして飛行機を待ち、お昼には今日もキャンセルだというアナウンスを聞いて、また町にもどる日々だった。

モンキーバナナみたいな、ちんまりした滑走路しかない山間の空港は、軍事的な施設でもあるために、ロビーでの宿泊は許されなかった。空港は日を追うごとに、飛行機待ちの旅行者であふれかえり、町をかこむ七〇〇〇メートル級の峰々は、みるみる雪で白く染まっていった。

これから気候の不安定な時期に入るから、次の夏まで飛行機は来ないかもしれないぞと、宿の主人にはおどかされた。ほかにここを出る方法はないのかと聞くと、車で山を下れば二週間でデリーに着くと教えられた。実際に、待ちきれなくなったイスラエル人のグループは、ジープをチャーターして出発して行った。

「君、日本人なの？」

四日目の空港ロビーで話しかけられた。ビニール袋をかかえた男の人が立っていた。垢のこびりついた民族衣装を着た浅黒い顔は、現地の人間にしか見えなかったが、その人は日本人だった。はじめて会った、格のちがうバックパッカーだった。

彼も旅行が好きで、子どもの頃から一人で遠出をしていたという。行き先がだんだん遠くなり、大学生の時、思いきり自由に世界を歩いてみたくなった。はじめは数か月で帰るつもりだったが、自分の求めている何かを見つけるまでと思っていると、旅がおわらなくなった。そのうちに、胸の高鳴りやスリルを感じなくなっている自分に気づいた。ますます終点がわからなくなった。そのまま、旅は生活になってしまった。

就職したい会社もあったし、大学には恋人もいた。彼女は大学の研究室にのこって、長いあいだ帰りを待ってくれていたそうだ。大学を除籍になったと聞いたのを最後に、日本との連絡は切ってしまった。

「彼女も友達も、変わっているはずだよね。でも、どんなふうに変わったのか、まったく想像がつかない。それがこわくて帰れないんだ。旅の途中で味わってきた、どんなピンチよりも、帰るのがこわい。世界のすべてを見てきたはずなのに、何の想像力も働かなくなっちまった」

乾いた笑顔だった。

「こんなにさすらうつもりなんか、なかったさ。ホームをどこかで見失っちまった」

ホームは恋人だったんでしょと、生意気なガキの僕は聞いた。いいや、と首が動いた。

「彼女の方が、ずっと遠く、おぞましいくらいに深い旅をしていた。こころの奥でね。太古の人間の、細胞の中まで往復するような本の読み方をする子だった。迷子にならないように、つかまえていられるって、うぬぼれはあったよ。でも、プラットホームになれなかった。あの子のためには帰れなかった」

彼は去年ラダックに来て、トレッカー用のホテルで働いているという。ずっとここで暮らすのかと聞いたら、秋に空港が閉まる前には町をはなれると言っていた。

日本語を話すこと以外に、彼が日本人だと思わせるものは、皮のタバコ入れにマジックで書かれた〈ＧＡＫＵ〉という名前だけだった。〈楽士〉と書いて、ガクと読むらしい。「大丈夫、飛行機は飛ぶよ」というガクさんの言葉通り、翌日には天候は回復し、二便やってきた飛行機の最後のシートを確保することができた。

それからも僕は異国へと旅立ちつづけた。パソコンに向かっていると、こんなところに閉じこもって人生をおわらせちゃダメだという焦りにおそわれ、旅に出ると、このまま帰れなくなるのではないかという恐怖がまとわりついた。

旅は解放だ。このアジア人をだれも知らない。名前も職業もわすれてしまう。付着物のない素の体で、人々や風景と会える。気楽さと緊張。この星を、自分の力量で歩いている高揚感。だけど、ラダックの記憶はいつもどこかで僕を見張っていた。ガクさんは、荷物を降ろせる場所を見つけられたのか。旅をつづけることと、おわらせること。どちらが幸せだろう。

気ままなはずのバックパッカーは、やがて個人競技になってゆく。「我こそは旅人」という連中を山ほど見る。だれもが、そのスリルや不便さを楽しんでいた。彼らに会うたびに、ガクさんを思った。彼の絶望的に光のない目が浮かんだ。


タイの田舎道で澤村香菜さんと出会った時は、衝撃だった。顔を真っ赤にして走ってきた彼女を見て、僕は嫉妬《しっと》した。あんなふうに、なりふりかまわず走れなかった。旅の最後の夕空を見て、あれほど純粋に笑えなかった。いつのまにか、「旅上手」という付着物にまみれていた。

少女のようだった女性は、ずっと年上の人だった。名刺を渡した時、一瞬だけパスポートの中を見てしまった。

あの人に対して、僕は欲張りすぎた体験の付着物でいっぱいで、そのくせ大人でなかった。一つの場所に腰をすえる度胸がなく、地に足のつかない男だった。

彼女はなぜか、ラダックを思い起こさせた。天空の寺院の、壁画の中の菩薩達とおなじ空気をまとっていた。何百年も一つの場所で笑っていられるような、無心な頑固さがあった。

神保町のカフェで見かけた時は、ひどくかなしい表情をしていた。追いかけられなかった。あの人の背中は人ごみの先に見えていて、つかまえることはできたのに。

僕は大陸に逃げた。いつもそうだ。自信がなくなると、ネットの中か旅に逃げる。旅先からのメールも、「また会いたい」という言葉が打てずに、「これからどうしましょう」なんてメッセージしか送れなかった。

返信がない。彼女にはもう、別の時間が流れている。また、一人でさまよい歩こう。この記憶が壁画のようにおとなしくなるまで。

でも記憶はどんどんざわついてゆく。景色がカラフルになった。

韓国の古墳の前で、足がふるえた。数々の大遺跡を見てきたのに。これまで感じなかった恐怖と親しみがわきあがってきた。止まりながら変わりつづけるもの。こういうことなのか。遺跡は生きている。

気がつくとタイをめざしていた。二人が出会った国に。バンコクに入った時、あのメールが来た。博物館の職員らしき人からの問い合わせ。その中に澤村香菜という名前を見つけて、手が熱くなった。本当はわかっていた。チャンスはいくらでもある。博物館にいることは知っていたんだから。

彼女に伝えたい。とまどいやおそれを素直に表情に出せることは、強さなのだということを。

チャオプラヤ河の夕風がこころをつつく。一日、ここにいてしまった。澤村さんから返信があるような気がして。さあ、この旅路を閉じて立ちあがろう。

あの時、旅にからめとられて動けなくなっていた僕。先につづく道も仕事場も、色あせて見えた。リセットの誘惑にとらわれていたのはジム・トンプソンじゃなくて、僕自身だった。マヒしたこころがつらくて、いっそ、すべて捨ててしまおうと思っていた。

「帰ろうかな」という言葉を、するりと言わせてくれた。連れもどしてくれたんだ。

香菜さんを見つけたのは、僕の方だったのかもしれない。

カラン、と音がしてベランダの上で何かが転がった。

振り向くと、バンコクには必要のない、冬のコートをかかえた彼女が、プラスチックイスにつまずきながら走ってくるのが見えた。

著者プロフィール

新高 なみ（あらたか なみ）

東京都生まれ
臨床心理士　元中学校教諭
立命館大学大学院人間科学研究科修了

〈著書〉
『カナと魔法の指輪』（クリエイティブメディア出版、2017年　＊クリエイティブメディア出版 第1回えほん・児童書コンテスト入賞作）
『オーラ！テングリ・オーラ』（幻冬舎メディアコンサルティング、2021年）
ほか、『カナと人魚の鐘』が、クリエイティブメディア出版 第8回出版大賞最優秀部門賞を受賞、2023年に同社より刊行予定

恋する魔王草《パクチー》

2023年7月15日　初版第1刷発行

著　者　新高 なみ
発行者　瓜谷 綱延
発行所　株式会社文芸社
〒160-0022　東京都新宿区新宿1－10－1
電話　03-5369-3060（代表）
03-5369-2299（販売）

印刷所　株式会社フクイン

ISBN978-4-286-24296-5　　日本音楽著作権協会（出）許諾第2302348－301号